LE PONT AUX HEURES

DU MÊME AUTEUR

La Part d'Esmé
(Prix Georges Nicole),
Bertil Galland, 1977

Retour, retour
(Prix Schiller),
Zoé, 1984

Comme avant Galilée
(Prix Pittard de l'Andelyn),
Zoé, 1993

CATHERINE
SAFONOFF

LE PONT
AUX HEURES

ÉDITIONS ZOÉ

Nous remercions le Département des Affaires culturelles
de la Ville de Genève d'avoir accordé son soutien
à la publication de ce livre

L'auteur remercie
Pro Helvetia pour son aide

CH – 1227 Carouge-Genève, 1996
Maquette de couverture : Cosette Decroux
Illustration : Camille Corot, *La Liseuse*, 1845/50
Photo de l'auteur : Yvonne Böhler
ISBN : 2-88182-273-8

A Vrochunda

1

Une femme chantait sur le pont aux Heures. Elle était debout contre la barrière amont, plus près de la rive gauche. Elle avait une blouse jaune, une jupe marron foncé mi-longue et des espadrilles. Ses cheveux blond roux étaient relevés en chignon lâche. Elle était plutôt grande et paraissait trente ans.

Le pont aux Heures est un pont piéton avec, à mi-chemin, une tour peu élevée portant quatre horloges orientées vers les quatre points de l'horizon. A la hauteur de la tour, un petit parc public entouré d'un mur forme une presqu'île verte. Rive gauche, le pont donne sur une placette pavée. A la belle saison, des platanes ombragent une fontaine et la terrasse d'un café. Parfois un musicien ambulant joue sur le pont aux Heures, une trêve dans le fracas de la ville.

C'était la première fois que Méli voyait la femme au corsage jaune. Il n'y avait devant elle ni chapeau ni sac où déposer une obole. Une main sur la barrière, la chanteuse regardait au loin vers le bas du fleuve. Elle chantait là comme par hasard, comme pour rien, parce que l'envie l'aurait prise de chanter. Méli venait de la rive droite, où la circulation est dense et bruyante. Onze heures sonnèrent. Ce n'était pas l'intention de Méli de prendre le pont, son chemin n'allait pas par là. Plus tard elle remarquerait qu'elle s'était engagée sur le pont avant d'apercevoir la femme qui chantait.

Méli s'approcha lentement. Le bruit des voitures avait diminué, la voix lui parvenait par bouffées. Une brise légère soufflait, descendant le fleuve. Il faisait beau. C'était le 22 juin, un samedi. Méli dépassa la tour et s'accouda au garde-fou aval, assez loin de la chanteuse pour ne sembler qu'une flâneuse, assez près d'elle pour entendre son chant. Le fleuve était large et proche. Méli regardait l'eau, regardait elle aussi là-bas vers les confins ouest de la ville. Ce fut la demie de onze heures. De temps en temps la femme faisait une courte pause, puis elle enchaînait. Elle chantait de cette manière nue, les choses à la suite, de mémoire, sans effort. Elle chantait comme seule dans une chambre, comme seule sur une scène, comme seule dans une forêt. Méli était très émue. Pourquoi la femme n'avait-elle pas devant elle une petite corbeille où mettre quelques sous et qui fût un motif terre à terre de son chant ? Celui-ci s'envolait et disparaissait comme l'oiseau et cette liberté bouleversait Méli. C'était insensé de chanter dans ce vide, dans cette indifférence, ou pire, car certains passants tendaient à s'écarter de la femme comme d'une créature indécente ou provocatrice. Elle était apparemment insensible à cela, son naturel presque un défi. Que m'importent ceux qui ne m'aiment pas, semblait-elle dire. Je n'ai pas besoin de vous qui passez. Ma chanson passe elle aussi, le vent l'emporte, elle passe comme l'eau sous ce pont.

Midi. Méli serait en retard. Son cœur s'était mis à battre très fort. Pars ! Va-t'en ! Mais elle restait, le cœur lui battant follement. Elle fouilla à nouveau ses poches mais elle n'avait pas d'argent sur elle. Pars ! Va-t'en ! Mais elle serrait la balustrade comme pour résister à qui l'aurait empoignée à bras le corps pour l'arracher d'ici, s'agrippant si fort que sa bague lui fit mal. Elle relâcha les mains. Elle regarda sous elle le fleuve, sa masse fendue par une pile du pont. Méli retira sa bague. L'émeraude était verte sur l'eau verte. Méli tenait légèrement la bague au-dessus de l'eau, elle sentait combien le bijou était attiré par l'eau rapide, par l'eau profonde. Le fleuve attendait son offrande. Il suffisait d'ouvrir les doigts. Un instant la bague brillerait puis elle descendrait au fond du lit obscur. Un instant la bague devint infiniment précieuse d'être sur le point d'être lâchée. Méli ferma la main et se retourna. Tout alla vite. Elle traversa le pont vers la femme qui chantait toujours, qui cessa de chanter quand Méli fut devant elle. Méli tendit sa main fermée. La femme avait des yeux marron clair, presque jaunes, un jaune doré, comme certains animaux. Elle prit l'objet sans le regarder, sans détourner ses yeux de Méli. Méli se le rappellerait, la femme avait pris la bague sans savoir ce que c'était et l'avait fourrée dans une poche de sa jupe sans un coup d'œil. Elle hocha à peine la tête et sourit sans rien dire. Son sourire lui plissait les paupières. Il demeurait diffus sur le visage au teint pâle.

Méli revint rapidement sur ses pas. Avant d'atteindre le quai de la rive droite, elle se retourna et vit là-bas que la femme s'en allait aussi, vers l'autre rive. Méli tâta du pouce le nouvel endroit nu de son annulaire. Qu'est-ce que la femme avait chanté ? Quelles paroles, quel genre ? C'était étrange, Méli, qui venait d'écouter intensément, ne pouvait répondre à ces questions. Elle se mit à courir.

2

C'était un grand appartement dans un immeuble cossu. Parfois Méli entrait dans l'une ou l'autre des chambres inhabitées. Elle allumait une lampe, effleurait des doigts un bibelot, elle regardait les consoles, les miroirs, les tableaux. Elle allait à la fenêtre, écartait les rideaux. Le parquet craquait sous ses pas, ou bien un tapis lourd les étouffait. Méli quittait la pièce qui sentait le musée.

Au printemps de l'an dernier, Diane Wilmer avait eu une attaque. La vieille dame était restée une quinzaine à l'hôpital. Elle ne marcherait plus que de quelques pas à la fois, elle ne parlerait plus. Madame Diane Wilmer avait assez d'argent pour passer la fin de sa vie dans la meilleure des maisons. Non, avait dit Méli au médecin, pas d'autre maison que celle-ci. Ma grand-mère restera chez elle, avec moi.

Une aide venait presque tous les jours. Méli interrompit ses études et devint la garde-malade et la dame de compagnie de son aïeule.

L'enjouée, l'intelligente, la rassurante Diane Wilmer était devenue cette carcasse. Au retour de l'hôpital, une détresse emplissait les yeux de l'invalide. Ces yeux-là, s'était dit Méli, je ne veux pas aller leur rendre visite une ou deux fois par semaine dans un de ces asiles. Cette misère-là, j'aime mieux pouvoir la regarder en face à tout moment. Mourir vieux n'est donc pas plus facile. Moi, si je m'en vais demain, je ne quitte qu'un monde si court...

Les examens avaient déclaré la vieille dame sourde. Méli ignorait ce diagnostic et parlait beaucoup à sa grand-mère. Les yeux de celle-ci se fixaient sur ses lèvres quand elle parlait, aussi Méli chercha à mieux articuler et s'arrangea pour, le plus souvent, parler en face du visage muet. A ce visage, Méli expliquait, commentait, répétait, décrivait les choses, les évidentes, les invisibles, les lointaines, les proches, les difficiles mêlées aux plus faciles, infatigablement, comme elle le pouvait, comme elle le sentait.

Parfois elle regardait de près et sans crainte les yeux à l'iris brumeux. Elle se souvenait de ce que sa grand-mère disait, avant. Des phrases lui revenaient, des mots particuliers, des tons de voix. C'était comme si l'entretien de naguère tentait de poursuivre son cours. Méli caressait la tête blanche, elle proposait ceci et cela, elle cherchait à lire des réponses sur le visage de la muette.

Et, cherchant, peu à peu elle trouva. Elle avait eu mille fois raison de ne pas avoir eu peur du désespoir dans les yeux de Diane Wilmer. Peu à peu ce désespoir s'atténua, peu à peu une confiance reparut dans l'expression de la vieille femme. Tu comprends ? répétait Méli, tu le comprends, que je suis là avec toi, que je vais rester, que je ne te quitterai pas ? Parce que j'aime rester ici avec toi. Je n'ai pas envie d'aller ailleurs, de faire autre chose, tu comprends ? Méli, accroupie devant le fauteuil de Diane, posait sa main lisse sur la main bleuâtre, presque transparente tant elle était maigre. Agenouillée, elle scrutait le vieux visage jusqu'à ce qu'y reparût un tremblant sourire. Méli avait eu dix-neuf ans en avril.

Et vos études ? demandait le médecin qui venait régulièrement. Vous savez, répondait Méli, je lis beaucoup plus qu'avant, et la bibliothèque de mon grand-père est inépuisable. Le docteur B. se faisait du souci pour la trop vaillante Méli. A mots couverts il rappelait que l'état de la malade ne s'améliorerait pas, mais que, néanmoins, Madame Wilmer pourrait longtemps encore se maintenir ainsi, et que –… Et alors ? disait Méli, et qu'elle comprenait très bien qu'on voulût s'attarder sur la terre, surtout une Diane Wilmer, si pleine du goût de vivre, ce goût ne disparaissait pas du jour au lendemain...

L'aide, une femme mariée aux enfants déjà grands, disposait d'une chambre dans l'appartement où elle passait parfois la nuit. Quand elle restait, Madame Roulin venait écouter Méli. Tous les jours, vers le soir, Méli faisait la lecture à sa grand-mère. On roulait le fauteuil de l'infirme dans le petit salon où, l'hiver, on faisait du feu dans la cheminée. Méli s'asseyait sous le lampadaire rose à pied torsadé, en face de la vieille dame, et elle ouvrait le livre en cours. C'est par ces lectures que Méli acquit la certitude, contre les décrets scientifiques, que Diane Wilmer l'entendait et l'écoutait. Il arrivait que celle-ci fermât les yeux. Méli, s'en apercevant, suspendait sa lecture. Aussitôt Diane rouvrait les yeux sur sa petite-fille, qui se remettait à lire. Quant à Madame Roulin, elle disait que ça la changeait de la télévision de son mari. Il arrivait fréquemment à Madame Roulin de prolonger ses heures. Elle s'attardait dans l'appartement Wilmer dont elle aimait la grande cuisine. Elle préparait un petit plat que Méli aimait bien, elle faisait un point à un vêtement. Quand elle arrivait, elle disait à Méli : profitez de sortir puisque je suis là ! Allez vous acheter quelque chose de joli, allez vous promener, allez au cinéma...

*

Avant de partir à la montagne, le docteur B. avait notifié à Méli son remplaçant. Et vous, pas de vacances cet été ? Un peu maladroitement, il avait ajouté quelque chose à propos de vivre sa vie. Dans la voiture, roulant vers leur chalet avec son épouse et leurs deux enfants, il avait redit à Madame B. combien il trouvait le dévouement de Méli inquiétant. Selon le docteur B., Méli était un cas d'auto-oblation dans une société désertée par le sens du sacré — ou quelque chose comme ça.

*

Le jeudi soir, Madame Roulin téléphona pour dire qu'elle avait un empêchement pour le lendemain. Ça ne fait rien, dit Méli, mais samedi ? Samedi j'aimerais bien que vous veniez, déjà le matin. Je compte sur vous, il faut que je sorte, samedi.

3

Je vois le pont aux Heures, sa tour aux quatre cadrans, son petit parc vert que le courant immobilement entraîne, comme une large barque à l'amarre. Je vois l'appartement Wilmer et sa vieille infirme, je vois Méli, Méli et son désir, je vois la chanteuse rousse, qui se prénomme Vrochunda, prononciation dure du ch, et qui a une démarche de marin.

Aujourd'hui mes voisins de palier déménagent. Ce couple, qui avait de si flamboyantes scènes de ménage que, de l'autre côté de la cloison, je n'en bougeais plus, souffle coupé. Un ami est venu les aider. Ils rient, ils parlent fort, en plus de leur boucan la radio posée devant la porte ouverte résonne dans l'escalier. Je sens mes voisins heureux de s'en aller, certains qu'ailleurs ce sera mieux. Je les envie un peu. Vaguement je m'attriste du départ de ces gens alors que nous nous saluions à peine. Peut-être quittent-ils le pays. Ils cognent leurs affaires, ils s'amusent, en bas le camion se remplit. Moi je ne partirai sûrement plus d'ici.

Vrochunda, Vrochunda à l'âpre nom, et la gentille Méli qui fait penser à une bête de la forêt, biche ou écureuil. Ce samedi 29 juin, Méli attend Madame Roulin dès 9 heures du matin. Diane Wilmer, un châle sur les épaules, un plaid sur les genoux, est installée devant la porte-fenêtre ouverte du balcon. Méli attend avec une impatience totalement nouvelle l'arrivée de Madame Roulin. Elle va sur le balcon, elle revient auprès de l'invalide. Regarde comme il fait beau temps, dit-elle, regarde comme le ciel est bleu. Mais elle ne dit pas pourquoi, aujourd'hui, elle veut tant sortir. Elle s'accroupit auprès du fauteuil roulant et prend entre ses mains les frêles mains toujours un peu froides. Diane Wilmer a tout de suite vu que la bague manquait au doigt de sa petite-fille.

La nuit, avant de m'endormir, je pense à mon conte. Je pose même à mon chevet un bloc et un stylo. Mais je ne tends finalement la main que pour éteindre la lampe et la page reste vide au travers de la nuit.

*

Je distingue quelqu'un dans l'ombre de Vrochunda, un homme plus jeune qu'elle, un brun bien bâti, aux pommettes un peu saillantes, qui conduit le coude sur la portière, si lentement que j'ai eu le temps de voir la fine chaîne qui brille à son cou. Il a une belle bouche. Et quels yeux. Un air pensif. Prénom indécis. Il m'a dépassée sans me voir. Là-bas dans le virage sa grosse vieille voiture, frôlant le talus, lève un sillage de poussière dans le contre-jour.

*

Méli est donc sur le point, même jour, même heure, une semaine plus tard, de retourner sur le pont. Il lui faut absolument revoir la femme qui chante, il le lui faut tellement que j'ai bon espoir pour elle, même si je doute que Vrochunda, elle, ait repensé à la petite de la bague.

*

Il y avait, dans l'île où se trouve le lieu Vrochunda, alignés sur une abrupte échine au-dessus de la mer, onze moulins à vent. Il y a quinze ans, l'un d'entre eux fonctionnait encore. C'était à l'intérieur un formidable bruit osseux, grincements et chocs d'ancien navire dans la tempête ou la bataille. Les moulins ruinés, aux ailes cassées, se dressaient pourtant sur la falaise comme des guetteurs devant l'étendue de la mer. Ce fut un lieu de merveilles que l'île où se trouve Vrochunda...

*

Les voisins sont partis. Ils laissent dans l'allée des débris de carton et de paille de bois. Le silence est revenu. Cette saison est sombre et mon histoire me verrouille à l'intérieur. Mais là-bas, au bord du fleuve, une voix comble le présent de bel oubli...

*

Madame Roulin arrive. Méli sort, il n'est pas dix heures trente quand elle met le pied sur le pont aux Heures. Il fait beau, une brise descend le fleuve, comme samedi dernier. Méli traverse le pont une première fois. Elle s'assied à la terrasse des Trois Platanes et y boit un café. Elle pourrait rester là, d'où on a bonne vue sur le pont, mais elle ne tient pas en place. Elle reparcourt le pont, et puis encore. Un instant, un fol espoir la saisit, l'instant d'après, c'est cette chute à l'intérieur d'elle-même. On ne peut éviter, sur le pont aux Heures, de savoir que le temps passe. Il passe pour Méli par secousses. Tantôt elle lui échappe, tant elle se réjouit, tantôt l'heure se bloque, pareille à une grille où s'accumulent les balayures. Ce serait plus agréable d'attendre dans le jardin sous la tour, mais de là on ne voit pas le bout rive gauche du pont. Méli se retrouve à l'endroit où, il y a une semaine, elle a presque lâché la bague. Comme alors, elle fixe l'eau qui fuit sous elle. Elle serre la balustrade à s'en blanchir les jointures. Le fleuve n'a pas eu la bague. En sept jours, des tonnes d'eau ont emporté l'image et la voix de l'inconnue. Le fleuve, pourtant si vert sous le soleil, Méli le voit noir. Un homme, qui a remarqué ses allées et venues, rôde autour d'elle. Elle le sent derrière elle, elle sent qu'il va l'aborder – attention de ne pas trop vous pencher... Ou bien : alors, il ne vient pas ?

C'est bientôt midi. L'attente est cette eau noire qui se presse sous les yeux, sous le corps, à donner le vertige, presque la nausée. Méli repousse le garde-fou, elle bouscule le badaud et part en courant jusqu'à la rive droite. Quand elle l'atteint, elle fait soudain volte-face, et c'est la sensation du nageur sous-marin qui retrouve l'air enfin, elle s'élance à nouveau sur le pont.

*

A l'instant où Méli sort du 17, rue Mondétour, Vrochunda, quelque part dans une chambre en ville, bâille et s'étire, cambrant le dos, bras en l'air, paumes tournées vers le plafond. Ses mains décrivent de rapides petits tours, puis elle laisse retomber les bras tout en exhalant une sorte de long feulement, d'ennui ou de bien-être, peut-être les deux. Elle va un instant à la fenêtre, qui donne sur une cour étroite où le soleil ne descend pas. Elle retourne dans la chambre, saisit une pomme posée sur la tablette, la flaire avant d'y mordre. La chair en est blanche et délicieusement croquante. Quel jour est-ce aujourd'hui ? Quel jour était-ce, le jour de cette fille de la bague ? Vrochunda fronce le nez. Elle ne va pas rester longtemps dans cette boîte au fond d'une cour malodorante. Elle repartira, d'ici comme d'ailleurs. Elle s'habille comme l'autre fois, la blouse jaune, la jupe marron, les espadrilles. Elle reprend la pomme mordue et sort. Dans la rue, elle vise une poubelle avec le trognon, d'assez loin, ne rate pas.

Elle traverse sans se presser la placette pavée. A la terrasse des Trois Platanes, les gens prennent l'apéritif. Vrochunda s'arrête au début du pont. Elle sourit. C'est bien la petite de l'autre jour là-bas, elle s'enfuit comme si elle avait le diable aux trousses... Retourne-toi, petite. Allons, retourne-toi et reviens m'écouter. Viens, je vais chanter pour toi.

4

J'ai retrouvé la carte de l'île. Elle ressemble à un dessin d'enfant, avec sa mer bleu vif ourlée d'écume, sa terre ocre et jaune, des vallons verdoyants et un point neigeux à 1215 mètres. Ses coins et pliures fatigués rappellent qu'elle fut de bon usage. Dans mon souvenir, Vrochunda était une baie à l'extrémité nord de l'île, cette île tout en longueur qui semble un bâton jeté dans la mer. Je me suis trompée, Vrochunda est le nom d'un cap, pas d'une baie.

Au village on m'avait dit : tu ne peux pas aller à Vrochunda. Pourquoi ? Parce que. Parce que personne n'y va tout seul à pied. Il n'y a rien à Vrochunda, que des pierres...

Il y a aussi cette grotte sombre où un saint ermite aurait séjourné. Au fond de ce repaire il y a un autel orné de chromos et de lampes à huile. Une fois l'an, fin août, des fidèles viennent s'y prosterner. Des barques transportent pèlerins et vivres, on campe trois ou quatre jours auprès de la crypte dont les alentours sont jonchés de boîtes de bière, de bouteilles cassées et des crânes et ossements des chèvres qu'on amène vivantes.

Après peut-être trois heures de marche, je parvins à un replat puis à un hameau inhabité. Le silence régnait sur la poignée de petites maisons blanches, fermées, pas trop abîmées. Avlona, disait la carte. C'était le début de l'après-midi, en juillet. Les gens reviennent à Avlona une ou deux semaines par an, pour faucher les céréales du plateau. Çà et là les aires rondes où l'on avait battu les épis étaient encore couvertes de paille jaune argent. Personne. Aux portes et aux volets pendait parfois un cadenas de fer blanc. C'était étrangement beau de traverser ce hameau vide. Personne ? Soudain, à ma droite, en retrait de la ruelle caillouteuse, il y eut une petite terrasse à l'ombre d'une treille de vigne et là, emmitouflée de noir dans l'ardent juillet, une petite vieille très vieille était installée derrière une machine à coudre à pédale qu'elle cessa d'actionner à ma vue. Je m'arrêtai bouche bée. Maintenant que je voyais sa cause, j'identifiai le fin cliquetis perçu un instant plus tôt, que j'avais pris pour le bourdonnement d'un nid de guêpes, pour un grésillement de la chaleur. Qui fut davantage étonnée ? Sa surprise, l'autre fut prompte à la changer en question, lâchée d'un air furibond, ses petits yeux vrillés sur moi :

— Où vas-tu ?

Bouche sans dents, voix aiguë. Où vas-tu : ce serait la plus belle des questions, la plus simple, la plus complète. Je vais là-bas à Vrochunda, dis-je bien poliment en tendant le bras vers les gros éboulis. Cette réponse ne plut pas à la vieille couturière, dont le visage se renfrogna encore. Elle secoua la tête et mâchonna, aigrelette :

— Tu es toute seule ?

Certaines personnes, il me faut me les mettre dans la poche. Je dis trois mots sur le saint homme d'un air un peu confit et ma petite vieille en effet se dérida. Quelques minutes elle fut volubile et moi je l'approuvai de maintes courbettes. Je ne l'avais pas beaucoup trompée, si elle avait cru que la piété me poussait. J'étais cet été-là dans un tel bonheur que je me sentais des ailes d'ange. Nous nous séparâmes, l'ancêtre et moi, sur son souhait de bon voyage, comme si je m'en allais très loin. A peine j'avais fait quelques pas qu'elle se remettait à piquer dans la satinette mille-fleurs sur fond noir.

Qui portait de l'eau à la vieille ? Elle avait voulu rester, opiniâtre, en compagnie de son antique machine, voulu rester sous sa vigne, à coudre des tabliers. Peut-être qu'elle n'avait jamais quitté l'île, jamais quitté le hameau. Quand j'avais dit que j'allais à Vrochunda, sans doute que le nom ne lui en avait pas dit plus que ces noms de villes à l'autre bout du monde où partaient, à la recherche d'une vie meilleure, les fils de l'île. Je venais de frôler un des nombrils de la terre, en passant la vieille fée sous sa treille.

*

Vrochunda, Vrochunda... Ce nom va bien à la femme du pont...

*

Au retour quatre milans tournoyaient lentement au-dessus de la crête à ma droite. La gorge se remplissait d'ombre et une ligne bleue montait à ma gauche contre le flanc encore ensoleillé. Longtemps je n'ai pas pu jeter, bien qu'elles fussent hors d'usage, les chaussures des marches de cet été-là, comme si ma mémoire s'y était réfugiée. Adossée à un rocher tiède, je bus le reste de mon eau. Quand je retraversai Avlona, plus personne sur la terrasse, ni machine à coudre. Le hameau à l'ombre semblait respirer. Je vis d'autres plants de vigne et quelques figuiers. Etendue sur un mur, il y avait une grande couverture rouge que je n'avais pas vue à l'aller, ou qui n'y était pas. Cette étoffe était dans la fin du jour d'un rouge intense et mystique, j'eus le sentiment d'avoir devant moi la source de la couleur rouge. J'ai oublié pendant des années ce tissu rouge étendu dans le village désert et puis, une fois, cette image m'est revenue, poignante, imprégnée dans chacun des pigments de son pourpre du bonheur de cet été-là.

Avlona au doux nom était autrefois un petit port de pêcheurs, sis où maintenant la mer bat les rochers parsemés d'ossements et d'éclats de verre, près de la crypte moussue au fond de laquelle je ne m'étais pas attardée. Mais, trop souvent razzié par les pirates, le village se haussa jusqu'au plateau, où l'on sema du blé noir. Je revois les moulins, perchés le long de cette arête. Je revois l'éperon sauvage, recourbé comme un croc devant la baie où accostaient les pillards – Vrochunda la rouge, descendante de ces aventuriers, oui...

5

Méli fait la lecture à sa grand-mère mais elle est ailleurs, elle n'écoute pas ce qu'elle lit, aussi ferme-t-elle bientôt le livre. Elle va s'asseoir par terre près de l'infirme, elle prend entre ses mains les mains inertes sur la couverture.

Est-ce que je te parlerais de ce qui m'arrive si tu pouvais me répondre ? Quand j'étais petite et que tu me lisais des histoires avant que je m'endorme, je comprenais toujours. Je comprenais même quand je ne comprenais pas, je comprenais parce que j'aimais les histoires et le son de ta voix. L'histoire que je vis, je ne sais pas comment la raconter.

Ta main ressemble à un oiseau tombé du nid. Par moments je me sens tout entière cet oiseau sans plumes, aux yeux bouchés, au bec mou. Je ne la comprends pas, elle, quand elle me dit quelque chose. Je la regarde trop. Et ce que je vois tourbillonne à l'intérieur de moi et je suis aspirée par ce tourbillon. Je vois son visage, sa main, je vois un geste qu'elle fait, j'entends le chaud ou le froid de sa voix mais je ne saisis pas le sens de ce qu'elle me dit.

Je lui réponds presque au hasard, pour dire quelque chose, pour que les choses aient l'air ordinaires, pour qu'elle ne me trouve pas trop sotte. Mais comme je parle pour parler, je dis des sottises. Devant elle, je ne sais plus parler. Elle a sûrement deviné pourquoi. Elle doit se moquer de moi. D'ailleurs c'est comme si elle se moquait de tout, c'est comme si tout lui était égal, c'est comme si elle n'avait peur de rien au monde. Elle : c'est celle à qui j'ai donné la bague que je devais garder toujours.

J'ai lu beaucoup d'histoires, mais celle qui m'arrive, je ne la reconnais pas. J'ai tant lu et voilà que je ne sais rien. Elle, elle sait tout, elle sait les choses d'autant mieux qu'il ne lui a pas fallu les apprendre.

Je crois qu'elle n'entrera jamais dans cet appartement. Pourquoi ? Pourquoi n'entrerait-elle pas ici ? Elle s'appelle Vrochunda. Elle dit que ça signifie éclat de lumière. En quelle langue ? ai-je demandé. Elle a haussé les épaules. Elle chante. Elle chante dans la rue. Sa voix, si tu savais –

Je rêve d'elle. L'autre nuit, j'ai rêvé qu'elle était une rose, une rose grande comme une personne.

Son visage était le cœur de la rose et elle parlait et souriait en remuant ses bras de feuilles. Une rose rose, bien épanouie, à large corolle, au feuillage vert foncé dru et brillant.

Parfois elle me semble vieille, mais pas de la même vieillesse que celle qui t'es venue. Parfois elle est plus jeune que je n'ai jamais été. Elle n'a pas d'âge, elle a tous les âges, celui d'une pierre, celui d'un chaton qui joue. Elle change d'humeur si vite que d'un instant à l'autre je crois ne pas être avec la même personne. Et quand elle chante –

Quand elle chante, ce n'est plus une femme particulière. Quand elle chante, je m'étonne de son corps, qu'il soit encore là, je m'étonne qu'un simple corps humain puisse être l'instrument de cette voix. Quand elle chante, je voudrais que son corps disparaisse, seule sa voix resterait, ainsi je saurais bien que tout cela est magie pure... Je ne saurai jamais qui est Vrochunda. Voilà sans doute ce que je veux dire, quand je dis que je crois qu'elle n'entrera jamais dans cet appartement.

Elle chante comme si elle avait vécu tout ce qu'elle chantait. Elle sait tant et tant de chansons différentes, pourtant elle ne chante qu'une seule chanson, qui contient toutes les autres. Ses yeux sont tantôt clairs, tantôt sombres. Ils sont jaunes comme la chair des prunes mûres et parfois ils foncent presque jusqu'au bleu sombre. Ce bleu noir survient quand quelque chose la captive un instant.

De même la pupille d'un chat qui va bondir remplit tout son œil.

J'ai rêvé qu'elle attendait un enfant. Elle s'élevait comme une tour, grosse de cet enfant futur, l'enfant l'emplissait de partout. Enceinte, le mot dans le rêve était aussi le mur d'enceinte d'un château fort. Je lui ai raconté cette partie du rêve. Dans le même rêve, j'étais assise par terre à ses pieds. J'appuyais ma tête contre son genou. Elle me caressait les cheveux, cela ne prenait jamais fin. J'étais au ciel.

Ses cheveux ne sont pas tant blond roux, comme j'ai cru d'abord, que de la couleur du sable, de la couleur d'une longue dune de sable dans la lumière du matin ou du soir. Où aurais-je vu cela ? Cette teinte de sable et de dune s'étend dans mon idée à toute sa personne, c'est une teinte fauve et douce, c'est la couleur de la pâte dont le dieu se sert pour faire la statuette humaine.

Mais elle peut aussi m'apparaître verte, d'un vert strident qui n'a rien à voir avec l'ample reposant vert des arbres et des prés. La nuit quand je suis sur le point de m'endormir, soudain elle se dresse près de mon lit. Dans l'obscurité, elle est cette vibration verte, électrique, si je la touchais, je me brûlerais, me brûlerais d'une brûlure glacée. L'autre couleur est allongée et tendre, la couleur verte est verticale, coupante. Dans la nuit, derrière mes yeux, c'est cisaillé de saccades phosphorescentes, l'air de la chambre grésille, je ne peux pas m'endormir.

Il y a aussi le rêve du bateau qui accoste à l'aube. J'ai fait ce rêve deux fois et maintenant je m'en souviens comme d'une histoire véritable. Celui-ci est un beau rêve aussi parce qu'il ne montre rien de très extraordinaire. C'est seulement l'histoire de quelqu'un qui arrive à bon port. Mais sans doute est-ce extraordinaire, d'arriver à bon port ?

Demain nous avons rendez-vous dans le petit jardin du pont aux Heures. J'espère qu'il fera beau, comme les autres fois. Ecoute, je voulais te dire surtout cela, que je suis heureuse de l'avoir rencontrée, que je suis heureuse qu'elle existe. Tes mains, tes mains qui étaient si froides tout à l'heure, les voici maintenant réchauffées.

6

La table est poussée contre le mur et au mur devant moi, il y a des images. Elles restent là quelque temps puis je les remplace par d'autres, photos, reproductions de tableaux, des cartes postales pour la plupart. Elles sont en ce moment dix sur deux étages, six en haut, quatre en bas, et cette série n'a pas changé depuis plusieurs semaines.

En haut, à gauche de la montre-bracelet suspendue à un clou, il y a cette femme assise sur une chaise de bois jaune. On voit tout de suite qu'il s'agit d'une femme : qu'elle soit engoncée dans ce complet d'homme et que ses cheveux soient coupés presque à ras du crâne souligne la finesse des mains et du visage. Le sol rougeâtre est jonché de longues mèches noires. La femme tient une paire de ciseaux dans la main droite : c'est donc elle, l'auteur de la coupe. L'acte, qui paraît sacrilège, est aussi insolent et rebelle puisqu'il illustre le couplet écrit en espagnol en haut du tableau. Je traduis : Sache que si je t'aimais / C'était pour tes cheveux / Mais te voilà tondue / Je ne veux plus de toi.

A gauche de la femme aux ciseaux, réduite en carte postale, une affiche de la chanteuse Eugénie Buffet (1866-1934), ici poussant la goualante debout, torse rejeté en arrière, mains dans les poches de son tablier. Caraco jaune, longue jupe brun noir, fichu, ruban de cou rouge, bas rouges, chignon dressé sur la tête et guiches frisées achèvent ce portrait de pierreuse, sur fond de faubourg nocturne, éclairage au gaz et ciel vert bile.

Je poursuis vers la gauche : une photo en noir et blanc, découpée dans un journal. L'article parlait je crois de Pompéi. Les deux visages accolés tempe à tempe semblent ceux de sœurs jumelles : même bouclettes à la pâtre, même front lisse orné d'un mince diadème, nez long, étroite bouche charnue souriant à peine et, alignés, quatre gros yeux ronds, fixant Dieu sait quoi. J'ai gardé cette image pour cette jointure siamoise des deux visages et pour leur air tellement stupéfait par quelque chose qu'on ne voit pas.

A côté des deux voyeuses, une photo en noir et blanc de Marlon Brando, également découpée dans un journal. L'acteur, jeune, est assis devant une tasse de café. En maillot de corps, cheveux ébouriffés, il rit, ses yeux sont tout plissés de gaieté. On se dit que l'homme vient de s'éveiller d'une agréable nuit. L'autre jour, retrouvant une photo au fond d'une valise, j'ai constaté une ressemblance entre Brando et mon père. Jeune, alors large et costaud, c'est cette même mâchoire forte, ce nez busqué dans un visage plutôt lourd, ces cheveux frisottés, ces petites oreilles rondes et ces commissures que le sourire retrousse dans le plein de la joue.

Dernière image à gauche : cinq hommes boivent et jouent aux cartes autour d'une table d'auberge. Une grosse lampe à pétrole pend d'une solive, l'atmosphère est ralentie, hivernale. C'est peut-être au Portugal, ou à l'est d'ici. Il y a peu, la photo s'est décollée. En la regardant de près, pour la première fois j'ai remarqué dans le fond une affichette représentant une femme brune assise jouant de l'accordéon, un gros accordéon qui masque le haut du corps de la musicienne. Inconsciemment, ce doit être cette image-là, jaunie, couverte de chiures de mouches, que j'ai transférée du mur enfumé du café à celui de ma cuisine.

Rangée du bas. Sous Brando, une carte postale en noir et blanc intitulée Les Amants d'Avignon.

Ils n'ont pas lâché leur vélo pour s'embrasser, le garçon debout entre sa bicyclette et la jeune fille, elle encore en selle, ne touchant terre que d'un pied. Menue, deux tresses brunes, un petit cache-coeur tricoté, une jupe de toile, pieds nus dans des mules, elle n'est pas mise pour aller loin, elle va sans doute rentrer à la maison, laver les bols du petit déjeuner, faire les lits, nourrir les poules. Lui, en veston, bas de pantalon serré dans des pinces, part au travail sûrement – ou bien en revient-il, et dans ce cas la petite Indienne ne l'a pas accompagné mais attendu ? A l'arrière-plan on reconnaît les tours crénelées de la gare d'Avignon.

J'ai eu beau m'obstiner à chercher un indice : impossible de savoir si le baiser des amoureux est de retrouvailles ou de séparation. Mais ce dont je suis sûre, en les regardant, c'est que ce furent les meilleures amours, les véloces amours du commencement, celles de la rue et des baisers au vol.

Juste après à droite, devant mes yeux, une fenêtre s'ouvre sur un paysage. Elle occupe presque tout le tableau, ouverte sur des vergers jaune et bleu qui s'éploient vers l'horizon sous un ciel moucheté de nuages rapides. Sous la fenêtre du tableau, il y a une table couverte d'un tapis à motifs roux et grenat, et cette belle table est comme la continuation de ma table sans tapis.

Est-ce qu'on lit, est-ce qu'on écrit, devant une vue pareille ? Ou bien comme le personnage qu'on aperçoit à peine tout à droite du tableau, on se lève et on sort, sort du tableau, sort de la chambre, et sur la terrasse à balustrade blanche, on lève la tête vers le ciel venteux, on respire à grandes goulées le bel avril – et les papiers sur la table grenat restent en plan, soufflés par le courant d'air...

Sous ma montre accrochée à son clou, un autre couple : Bord de Seine, 1949.

Elle reprend son cabas, elle répète à voix basse « il faut que j'aille maintenant », il murmure « tu n'es pas bien là ? », elle soupire, sourit, elle repose son cabas.

Ils sont là depuis un long moment. A l'instant, les yeux dans les yeux, ils ne sont pas en train de s'embrasser. Debout, les corps joints se sont glissés entre un tronc d'arbre et le mur du quai par-dessus lequel le photographe s'est penché. Je ne vois de Jean qu'un casque de cheveux noirs, sa nuque, ses épaules en chemise claire, manches roulées. Il appuie sa main gauche contre l'arbre, près de l'épaule de Marie, et cette main semble aimer toucher l'écorce crevassée. Marie a l'air si fatiguée. Fatiguée, mais en même temps son visage palpite de désir et ça la rend belle. Elle reprend son sac aux coins râpés, de l'autre main – je ne vois pas cela – elle tourne et retourne la petite médaille que Jean a au cou, elle chuchote de nouveau qu'il faut vraiment qu'elle y aille cette fois, mais dans quelques secondes, ils recommenceront à s'embrasser éperdument.

Même avec une loupe, je n'arrive pas à déchiffrer l'heure à la montre au poignet de Jean et je me contenterai d'une heure et d'une saison ressenties, sept ou huit heures du soir, fin juin, un jour de semaine. Il fait chaud et poussiéreux, je sens l'odeur du bord de Seine en ville, je sens la moiteur fondante de la femme au visage suave et cette odeur acide de fer qu'a Jean en sortant de l'atelier. Mais ce samedi ils iront au bord de l'eau, vraiment au bord de l'eau, loin des quais de pierre, où la rive devient berge herbue, et on entend le saut d'une ablette ou d'un goujon, il y aura des étoiles, le clapotis contre le plat de la barque, l'odeur du limon et de la menthe dans la nuit sans rosée de juin... Marie et Jean – 25.6.49.

J'ai découpé la photo suivante dans un illustré et par souci de conservation, j'ai collé le papier sur un morceau de carton. Elle est datée de 1953.

C'est l'hiver, le matin, il fait jour mais les globes au fond du café sont allumés. On voit la rue grise par la vitre de devanture aux lettres à l'envers. Dans la sciure répandue par terre, les pas ont fait des marques luisantes. Deux garçons s'affairent derrière le comptoir. Pour le moment il ne fait pas chaud, au Café-Restaurant La Tartine. Ça ne gêne pas le gros de sa clientèle, qui travaille aux abattoirs, à deux pas. Sous leurs blouses maculées, les hommes portent des tricots qui dépassent au col et aux manches. Au premier plan à gauche, le dos au zinc, il y a ce malabar qui mange un jambon-beurre, l'autre main passée dans la bavette de son tablier. Sa grande mâchoire pend sous un petit crâne coiffé d'une enfantine casquette. Il charge un demi-boeuf sans même un « han ». Près de lui son collègue, passé maître dans le maniement du merlin, ressemble moins à un boucher qu'à un présentateur de télévision ou un politicien. Un aide plus jeune jette vers l'objectif un œil noir qui évoque l'aboiement d'un roquet. Et d'autres hommes sont là et tous sont massés à gauche dans l'image et, entre eux et le personnage à droite, l'espace du sol souillé apparaît comme un vide infranchissable sauf par le regard et le son.

Ce n'est pas le visage qu'ils fixent mais la main. Le visage, le troublant visage si nu apparemment les intimide, ces hommes forts qui font dans le sang des bêtes, et ils baissent les yeux et s'en tiennent à la main.

Elle est debout, appuyée au mur, elle a fermé ses yeux aux longues paupières bombées. Les lèvres entrouvertes s'avancent un peu, exhalant ce son que je n'entendrai jamais. Cette grande bouche tendre est bien plus belle que celle, miniarde, des deux patriciennes de la fresque exhumée, et ce visage plus noble d'expression. Une ombre passe sur le front de la jeune femme, sa chanson doit être mélancolique. Comme elle est seule, comme elle est séparée – comme elle est présente, pourtant lointaine, en allée en sa musique, les yeux fermés... Comme elle est austère, avec son manteau sombre, émouvante, toute donnée à sa musique, portée par elle, si bien que le gros accordéon avec lequel elle s'accompagne, et qui fascine tant les bouchers, semble ne pas lui peser.

Une brume nocturne enclôt la musicienne. A-t-elle joué toute la nuit ? Oh, que quelqu'un déharnache la dormeuse debout, range dans sa boîte le lourd instrument et couche cette princesse dans un grand lit blanc, sans l'éveiller, comme on fait avec les enfants ramenés tard d'une fête...

Le tour s'achève, plus qu'une image. La belle accordéoniste à l'air grave a dans les soixante ans aujourd'hui. Au-dessus d'elle – puis c'est ma montre accrochée à son clou – une jeune fille peinte en pied et de dos est accoudée à une fenêtre ouverte devant la mer. Elle a une robe simple, blanche, des ballerines blanches. Mollets bruns, corpulence moyenne, cheveux noirs bouclés. Les rideaux poussés de côté sont en voile bleu, la boiserie de la fenêtre est bleue, le mur nu de la chambre rose teinté de gris. Sur le bord de la fenêtre il y a un linge blanc. Peut-être que la jeune fille essuyait des verres avant de se mettre à la fenêtre. Là-bas, la baie s'arrondit en rivage verdoyant. Une grâce paisible émane de la contemplative au dos tourné. J'aime qu'en ma dernière image on ne fasse rien que regarder par la fenêtre.

7

La houle est lente, la balustrade humide de sel. Tu lèves le visage vers les étoiles. C'est la première fois que tu passes la nuit en mer. A l'intérieur les passagers dorment parmi leurs bagages dans l'air épais. Tu vas le long des coursives et des ponts, tu as reçu cet immense jouet, tu n'as pas envie de dormir. Un petit bar est resté ouvert jusqu'à deux heures du matin, maintenant c'est comme si le bateau traversait seul la mer nocturne qui respire profondément, se creuse et remonte sous toi. Le bateau qui sourdement vrombit, la mer berceuse, tu es leur enfant cette nuit.

Tu as manqué t'assoupir. Bientôt quatre heures. Tu frissonnes, tu mets un pull. Les étoiles ne sont plus les mêmes, la nuit commence de changer. Le cap est à l'est, où le ciel grisaille. Le blanc du bateau réapparaît, ses feux brillent encore, un homme d'équipage te croise sans sourire, le gris là-bas pâlit, se teinte peu à peu de jaune et de rose. Les couleurs reviennent à bord, mates et plates dans l'aube. Mer très calme, un lait noir et argent que froisse le flanc du navire. Ciel peu à peu diaphane où faiblissent les dernières étoiles. Le bateau quitte la nuit et entre dans le jour. Il longe à droite une côte basse et sombre. Des voyageurs paraissent, ensommeillés. Le soleil rouge émerge. Tu vas te chercher un café.

Le bateau a viré vers le nord. Au devant là-bas une terre approche, ocre et mauve. Au fond de la baie, le pointillé clair d'une bourgade. Il n'est pas six heures du matin. Maisons à toit plat, étagées en gradins. Sous le soleil oblique, la petite ville est rose doré. Ton bagage est à côté de toi, que tu te réjouisses ainsi t'enlève toute fatigue. Le grand bateau manœuvre, il accoste. C'est ton émerveillement depuis le début du voyage qui te donne cette contenance d'habituée, c'est comme si tu étais déjà venue ici, c'est comme si tu étais d'ici. Tu regardes avec passion autour de toi mais toi-même tu t'effaces, tu passes inaperçue. Toute la nuit tu as hanté invisible le bateau, maintenant tu te fonds à cette terre nouvelle, déjà tu lui ressembles. Le groupe de touristes hésite sur le débarcadère puis se dirige vers le plus grand café du port.

De la mer, la terre de l'île est aride et nue. Mais quand on pénètre dans la bourgade, chaque maison a ses plantes, les cours intérieures sont vertes et fraîches. Ton sac sur l'épaule, tu marches sans bruit par les rues étroites. Petites fenêtres côté ombre, voix invisibles, odeurs de nourriture déjà, carrelages lavés à grande eau, elle court au soleil dans la rigole, un enfant guigne, tu lui souris. Tu respires, tu flaires, humes, c'est l'odeur d'un pays, l'aimant le plus fort.

Tu es montée et redescendue. Par ici les maisons sont plus petites et plus basses. Une ruelle débouche sur le rivage. Des barques sont amarrées à l'intérieur d'une anse. En retrait, des maisons de pêcheurs, presque des cabanes, et dans l'ombre légère, une placette avec quelques tables. Une brise vient de la mer, le feuillage des eucalyptus frémit sans cesse. A la table la plus proche de la cantine, trois hommes mangent. Une femme paraît sur le seuil, t'observe un instant, s'approche de la tablée, retourne dans sa cuisine. Au-delà des barques, la mer matinale scintille doucement. Il y a ce souffle de mer, le bruissement des longues feuilles, leur fin parfum, et l'odeur de ce que mangent les trois hommes. Tu es arrivée, tu es au bon endroit. La femme est de nouveau sur le pas de sa porte.

La chambre est dans la pénombre. Impression de fraîcheur et de propreté. La femme entrouvre le volet. Le lit découpe un rectangle blanc et lisse, il y a une petite table et une chaise. Tu poses ton sac par terre. Par la fente du volet, on voit la pente de la colline, un morceau de ciel, une courette avec une camionnette sans roues et des filets entassés. Il faut laisser fermé pendant la journée, dit la femme. Tu acquiesces à nouveau puis tu dis que tu voudrais manger la même chose que les hommes dehors, maintenant. Tu as tellement envie de manger cette nourriture-là, d'avoir en bouche cette saveur-là que tu crains qu'il n'y en ait plus. Tu répètes, tu crains que la femme n'ait pas compris. Mais elle te fait signe d'aller t'asseoir et voilà déjà le clappement de ses mules, elle étend devant toi une nappe en papier que la carafe d'eau, le pain et le couvert empêchent de s'envoler. Tu demandes le même vin, il arrive, jaune vert, au goût râpeux.

Pendant que tu manges, deux enfants vont nager entre les barques et la jetée qui protège la crique. Tu manges lentement et copieusement. Il n'est pas dix heures du matin. Du doigt, tu traces sur la nappe une palette invisible : bleu violet, bleu vif, bleu turquoise, amarante, jaune clair, jaune foncé, et le vert pâle très fin du feuillage des eucalyptus. Tu as envie de poser la paume de ta main contre un des troncs, tu te lèves et le fais, tu as l'impression de toucher quelqu'un. Là-bas les enfants jouent dans l'eau et le soleil.

Tu dors jusque dans l'après-midi. Tu t'endors avec dans l'oreille les jeux et les rires des enfants. Quand tu te réveilleras, le soleil touchera la jetée de l'autre côté, côté mer. Les grosses pierres seront tièdes. Au-dessous la sombre transparence est comme une grande soif à l'instant étanchée. Tu plongeras, tu nageras loin vers le soleil qui commence sa descente dans la mer, puis, flottant sur le dos, tu te retourneras vers les collines brun rose de l'île.

8

Méli comme chaque fois est en avance au rendez-vous. Elle fait un détour pour ne pas attendre dans le jardin. Une jolie histoire, a dit Vrochunda de l'histoire du bateau et de l'île, qui lui donnait envie d'une platée de tripes à la sauce aux raisins, c'était sûrement ça que les pêcheurs mangeaient. Je n'ai jamais mangé de tripes et je n'ai jamais vu la mer, a dit Méli d'un air grave qui a fait rire Vrochunda. Mais soudain sérieuse elle a dit : voilà ce que nous pourrions faire toi et moi, un voyage ensemble.

L'inattendue merveille de ce propos a illuminé Méli. Elle s'est mise à vivre avec les paroles de Vrochunda : un jour, ce voyage aurait lieu. Déjà elle prévoyait les arrangements concernant Diane Wilmer et, malgré son manque d'expérience, parvenait à imaginer l'aventure de façon très détaillée et concrète, moments pénibles inclus. Respirer le même air, fouler la même terre, voir la même étoile, partager la même table, dormir, ne pas dormir, se taire ensemble, attendre – j'apprendrai même à me quereller avec elle, pensait Méli. Toutefois, elle n'osait pas reparler de ce qui pour elle était une promesse, de peur que Vrochunda ne hausse les sourcils : moi, je t'ai dit ça ?

Est-ce que ça lui plaît que je l'aime ? Au moins ça ? se demande Méli. Elle sait tout de moi, je ne sais rien d'elle, je lui ai raconté ma vie, elle ne dit rien de la sienne. Il y a ce que disent ses chansons, que je prends pour sa vie.

Elle chante, je l'écoute, puis je lui parle. Je lui parle, parle, je parle pour cacher le tremblement que me cause sa présence, ses yeux jaune gris, son sourire rapide. Au fond de ses yeux de miel, de ses yeux de chèvre, il y a un pétillement moqueur. Vite, me remettre à parler, la retenir, l'enlacer au moins de mes mots.

Je suis une miette, Vrochunda est une géante. Je sautille à hauteur de sa cheville, je parle pour ne pas disparaître. Une géante, une montagne, une caverne remplie de trésors. Je m'agenouille, j'écoute sa voix l'oreille contre terre et j'entends. J'entends la racine frayer son chemin, j'entends sous le gel noir craquer la graine vivante. Loin là-bas l'océan cogne contre la voûte. L'écho claque entre les roches. Un arbre immense s'effondre. Une herbe se redresse, un pétale écarte sa coque verte, une feuille tombe, un oiseau s'envole. Le cœur bat, la peau chuchote contre le drap, le peigne crisse dans les cheveux, l'enfant bouge à l'intérieur de sa mère. La pluie s'égrène sur l'étang, la neige gratte à la vitre, le vent embouche des orgues de hasard. Menés par le charmeur de rats, les petits pieds tapent et frappent en cadence, leur ronde serpente sans fin dans le ventre de la colline. J'entends toutes ces choses. La voix de Vrochunda déroule et enroule un long cortège jamais tout à fait pareil et dont la fin à tout instant est le recommencement – là-haut, tout en haut, juchée sur les épaules de quelqu'un, il y a une toute petite jongleuse en justaucorps arc-en-ciel, elle rit en lançant ses balles...

D'où est-ce que tu sors tout ça ? demande Vrochunda.

D'elle, bien sûr, c'est elle qui me souffle ce que je lui raconte, je ne possède que ce qu'elle me donne. J'en veux à la minceur de mon corps, je voudrais emporter Vrochunda, la subjuguer comme elle m'a envoûtée. L'autre nuit, pour pouvoir m'endormir, je l'ai lentement engloutie, comme un boa sa proie, et une fois elle tout entière à l'intérieur de moi, m'épousant comme l'eau un vase, alors le calme m'est revenu.

Je parle pour la garder, mais plus je parle et plus je tais mon secret. Plus je parle et plus j'enfouis mon amour.

Il a existé, le moment où j'aurais pu me déclarer, peut-être même tenter un geste. Je n'ai rien dit, je n'ai rien fait. C'était dans le petit parc. Vrochunda était assise sur un banc et moi dans l'herbe près d'elle. Je revois son visage se penchant vers moi, sur fond de feuillage. Comme tes yeux brillent ! a-t-elle dit, pourquoi est-ce qu'ils brillent comme ça ? Parce que je te regarde. Je n'ai rien dit. J'ai ramassé un petit caillou, que j'ai toujours, et bientôt je me suis assise à côté d'elle. Je me souviens avoir regardé le fleuve et pensé : voilà, c'était maintenant. Il est passé, l'instant propice.

Il est passé oui et non. Je ne l'ai pas saisi mais je ne l'ai pas perdu. Je fais comme si un jour allait revenir ce moment du jardin. Cette perle que je n'ai pas saisie, le fleuve l'a emmenée jusqu'à la mer, d'où elle remontera, et de montagne en source, de rivière en fleuve, elle reviendra, un jour, une fois. Oh, un jour, une fois, me taire, fermer les yeux, abandonner mes pensées, poser ma tête...

Pourquoi serait-il unique, le moment voulu ? Qui décide de lui ? Je me rebelle contre la loi de l'unique moment voulu qui amenuise ma chance en brindille dérisoire. Le destin d'une vie suspendu à un seul instant à ne pas manquer ? Folie. L'occasion à saisir aux cheveux ? J'ai la caresse de la crinière de la chimère qui m'emporte. Que vouloir d'autre que ce qu'elle me donne déjà ? Elle existe, je l'ai rencontrée, sa voix m'enchante, je la vois tous les trois ou quatre jours...

Mensonges. Parfois je me regarde nue et je ne comprends pas pourquoi ce corps reste solitaire, inconnu, patient comme un animal enfermé.

J'ai peur d'une rebuffade, peur qu'elle me rabroue de façon telle que je n'en guérirai pas. Son regard vire, ses yeux s'étrécissent, le jaune miel a cet éclat dur et elle me lance, méprisante : des petites bonnes femmes comme toi – Elle ne termine pas. Trop tard, j'ai entendu la suite. Des petites bonnes femmes comme toi, j'en ramasse à la pelle. Quand on chante dans la rue, on a qui on veut.

Je lui écris des messages, comme celui qui est plié dans ma poche. Je les jette dans le fleuve au même endroit que la bague – je veux dire, à l'endroit où je n'ai pas jeté la bague. Le bout de papier flotte, je le suis des yeux en faisant un vœu, toujours le même – qu'elle vienne aujourd'hui.

Parfois, quand elle chante, elle me fixe un instant et sourit de son rapide sourire. Elle ne sait pas, ou peut-être sait-elle très bien comme alors mon cœur bat. Alors ce qu'elle chante est chanté pour la première fois et rien que pour moi. Et le poème jeté à l'eau ne sombre pas, il se défroisse et s'envole, il remonte jusqu'au pont aux Heures...

Elle peut être, à distance, extrêmement enjôleuse. Mais précisément, il faut garder la distance. Je me rappelle, une fois, au début, alors que nous nous retrouvions, sans me méfier, sans réfléchir, de bonheur, je l'ai embrassée sur la joue. Elle a eu ce retrait de la tête, avec un drôle de regard. Je n'ai pas recommencé. Quand nous marchons l'une à côté de l'autre et que mon bras a tellement envie de se glisser sous le sien, ma main de prendre la sienne, je me rappelle le drôle de regard et je m'abstiens.

Le moment voulu ? pense Méli. Je la balaye, la loi du moment voulu. Le moment voulu reviendra. Tu ne peux pas offenser ainsi le temps, le maître temps, se rétorque-t-elle à elle-même. Ce voyage ensemble, crois-tu qu'il peut attendre des années et des années ? Mais Méli secoue la tête. Le voyage attendra encore, il nous attendra encore, Vrochunda et moi. Vrochunda, je l'aime depuis bien avant notre rencontre et je l'aimerai encore – c'est étrange, j'allais dire : je l'aimerai encore quand je ne l'aimerai plus.

*

Elle longe maintenant le quai rive droite et regarde là-bas l'île verte au milieu du fleuve, le petit jardin à l'ancre sous la tour aux quatre horloges. C'est Méli qui dit : à mardi, à vendredi, je serai là, j'attendrai. Juillet s'est écoulé, bientôt août, un été très chaud, mais le verger enceint de pierre, le clos feuillu au fil de l'eau garde une fraîcheur. Pas loin, la terrasse des Trois Platanes est peuplée d'estivants. J'aime que tu sois là quand je chante, a dit une fois Vrochunda.

Un jour elle ne viendra pas, pense Méli, un jour elle ne viendra plus. Je ne sais pas où elle habite, je ne le lui demande pas. L'automne venu, l'hiver, comment ferons-nous ? Je lui demanderai de venir à la maison, je la présenterai à grand-mère, à Madame Roulin, au docteur...

Vrochunda dans l'appartement Wilmer ! Aussitôt elle se transforme en cavale qui rue et piaffe, brise miroirs et lampes dans le salon, Madame Roulin terrifiée tapie derrière un canapé. Ou bien Vrochunda est une hermine ou une belette, apparaissant, disparaissant, multiple et malicieuse, que Madame Roulin pourchasse, armée d'un balai et poussant des glapissements. Ou encore un oiseau de mer emplit la chambre de battements d'ailes. En vain Méli rappelle Vrochunda. Or voici que sur un regard de l'infirme, la cavale s'apaise, courbe le col devant Diane, et l'hermine s'endort au coin de la cheminée comme un chat domestique. Le goéland, pattes jointes, vastes ailes, s'enlève dans le ciel où son vol trace un salut.

Je vais lui raconter ça, pense-t-elle, oubliant sa décision de se taire, oubliant que, dans un moment, se séparant de Vrochunda, elle se dira, comme toutes ces dernières fois : j'aime quelqu'un qui ne m'aime pas. J'aime quelqu'un qui ne m'aime pas et ça ne peut être qu'ainsi pour moi : pour aimer, j'aimerai sans retour. Mais elle revoit l'essor de l'oiseau de mer. Vrochunda ne l'aimera jamais ? Qu'importe, à l'instant. A l'instant, la proximité de Vrochunda disperse toute tristesse, et toute clairvoyance.

*

A l'instant où, rive droite, Méli fait le premier pas sur le pont aux Heures, Vrochunda y apparaît à l'autre bout. Méli voit dans cette symétrie un heureux présage. Elle a, pense Méli de l'aimée, une démarche de marin, elle marche comme on dit que marchent les marins à terre, la houle encore dans le corps. Sa démarche couvre un espace singulier, comme si ce pont était le pont d'un bateau.

Vrochunda n'a pas vu Méli, elle ne la cherche pas des yeux. Elle regarde vers l'amont du fleuve, vers l'est. Elle échappe, elle est ailleurs. Oh, se dit Méli, comme son chant sera beau aujourd'hui ! Vrochunda a ramené son regard, alors Méli agite le bras, elle se retient de courir, son cœur bat à tout rompre. Une pointe se fiche au centre de sa joie. Une fois de plus elle ressent l'absolue supériorité du corps sur l'esprit. Les mots sont des insectes morts, tout ce que je pourrai jamais dire à Vrochunda est sec, vide, déjà mort. Vrochunda n'a pas répondu au signe de Méli. Debout contre le garde-fou à l'endroit habituel, elle commence à chanter.

9

Je les regardais danser. Elles dansaient bien. Dans le fond un miroir reflétait une flamme. J'étais en retrait dans l'obscurité. Méli et Vrochunda glissaient, tournaient, ralentissaient, repartaient. Une tape sur mon épaule rompit ma quiétude.

— Pourquoi deux femmes ?

Une lumière blanche m'aveugla. Je me couvris les yeux du bras. La musique s'était tue. Je me trouvais dans un local exigu éclairé au néon. Ça sentait très fort le renfermé.

— Hein ? Pourquoi ?

Devant moi, une fesse au bord de la table, il y avait ce personnage coiffé d'une cagoule percée de trois trous. Un gros petit homme que son veston serrait aux entournures. A côté de lui, un classeur brun et une torche métallique. J'étais assise sur l'unique chaise. Cette cellule sans fenêtre, apparemment le monte-charge d'un hôpital ou d'un grand magasin, figurait sans doute le décor de quelque huis clos avant-gardiste. Je voulus croiser les jambes mais je ne le pus, collée à ma chaise. Le gros petit homme m'attrapa l'épaule et me secoua.

— Répondez ! Pourquoi deux femmes !

Il continua de me secouer vigoureusement et, suivant le mouvement, les pieds de ma chaise hoquetaient sur le sol. Tant d'agitation décala les ouvertures de la cagoule, il me lâcha pour se rajuster puis, d'un ton monocorde, débita un long extrait de ce qui sonnait comme l'article d'un code de loi. Alors qu'il reprenait souffle afin de poursuivre, je pensai : au diable le théâtre bureaucratique !

— Parce que vous croyez qu'elle vaut mieux, votre romance à l'eau de rose !

Je sursautai. Une lueur mauvaise filtrait des fentes de la cagoule.

— Qu'elles se bougent le train, vos mignonnes, qu'elles passent à l'acte, vos –

Le mot comme un crachat dans la figure. J'encaissai, feignant un froid détachement. La charge d'eau de rose me consternait.

— Pourquoi deux femmes ! Vous allez répondre !

— Mais je n'en sais rien ! m'écriai-je, rien du tout !

Attention, ici on m'entendait penser. Romance à l'eau de rose, avait dit la cagoule, puis éructé le mot haineux. Un instant je distinguai une de mes raisons d'écrire, la plus intraitable, à l'instant bien mal en point, là en bas tout au fond, serrée entre eau de rose et ordure. Je poussai un soupir de cet air prisonnier et malodorant.

— Vraiment, je ne sais pas, répétai-je d'un ton mesuré et imprégné de sincérité. Tiens-toi bien, si tu veux sortir entière de cette souricière. Le local aveugle me sembla imperceptiblement rapetisser. L'homme ouvrit le classeur et le feuilleta d'un médius à l'ongle rongé. Il tapota l'endroit.

— Un sujet pareil – il marqua une pose, doigt tapotant – le petit ménage, donc, ne figure pas dans le dossier que la Commission a établi sur vous.

Je sursautai de nouveau, un sursaut comiquement raccourci vu le mystérieux rivetage de mon postérieur à la chaise.

— Qu'est-ce que vous dites !

La cagoule haussa les épaules.

— Ne faites pas l'innocente. Vous avez reçu notre avance ?

Aigre, toujours plus aigre odeur de cage à lapin où je reconnus aussi l'odeur de ma peur.

— Est-ce qu'on ne pourrait pas ouvrir un peu ? On étouffe ici, vous ne trouvez pas ? Je me demande comment vous tenez avec votre capuchon.

Il resta immobile de longues secondes. Puis il frappa du poing sur la table avec une force étonnante. Classeur et torche bondirent. Il hurla.

— POURQUOI DEUX FEMMES !

Il tira d'une poche une boîte d'allumettes et un gros cigare qu'il alluma à petits coups sans se presser. Puis il retint une bouffée et, se penchant, me la souffla au nez. Je fis non, non, non de la tête puis, fixant un point par terre, je me mis à parler d'une voix précipitée que je ne me connaissais pas.

... la première phrase était venue toute seule, sans doute avais-je été impressionnée par quelqu'un qui chantait dans la rue, être ensorcelé par une voix, quoi de plus banal, une vieille histoire – la Commission voulait-elle que je fasse de Méli un jeune homme, ou de Vrochunda un violoneux ? Cela non, je ne le pouvais pas, je ne pouvais pas tout à trac changer le sexe de mes personnages, autant les abandonner, autant changer d'histoire, or je m'étais attachée à celle-ci – toutefois... Toutefois, Monsieur, Monsieur...?

Pas un mot. Il tétait son puant cigare.

... Monsieur le Commissaire n'a pas tort de suggérer que dans les veines de ma fable il commence de couler davantage de guimauve que de sang vif et qu'à cette langueur il me faut remédier...

Deux cruels petits yeux de poule m'observaient.

... je cause, je cause, j'oublie que c'est de l'information que vous voulez. Méli, élevée certes avec beaucoup d'affection par son excellente grand-mère, Méli est donc orpheline, ses parents tués dans un accident d'automobile. La petite avait cinq ans lors du drame. Méli, c'est clair, est à la recherche d'une mère. Et d'un père. Or Vrochunda, chantante, mélodieuse, mais aussi pleine d'aplomb, à elle seule semble suffire. Autre influence dans le passé de notre Méli : enfant, adolescente, elle passait des heures dans la bibliothèque de feu le grand-père Wilmer. Ces plongées solitaires en lecture auront préparé le terrain pour l'avènement de Vrochunda –

Je fus prise d'une quinte de toux.

... c'est extrêmement fort, Monsieur le Délégué, ce que vous fumez là, est-ce qu'on ne pourrait pas entrouvrir un peu ? N'y avait-il pas une porte au début ? Je ne la vois plus. Il faut pourtant que je sois entrée ici – il faut en tout cas que j'en sorte. Où en étais-je, que vous disais-je ?

Voix fêlée, cahotante.

... somme toute, Monsieur le Commissaire Délégué, je vous suis reconnaissante de votre intervention. Me voici invitée à une mise au point. Je m'imaginais peut-être que le flou était flatteur à ces dames. Flou fumiste, facile camelote. La Commission –

Je me passai la main sur le front. Je me noyais. J'étais le poisson que je tentais de noyer.

... je perds le fil, c'est votre havane, il me fait tourner la tête. Je disais, la Commission. Elle veut que je retourne mes cartes. Qui dira ce qu'elles valent ? Pas moi, Inspecteur, pas moi. Ah, n'êtes-vous jamais, comme parfois je le suis, saisi du désir de vous réveiller aphasique, amnésique, idiot tout simplement, au lieu de jour après jour devoir poursuivre ces recherches parfois malaisées ? Car votre voie et la mienne, Monsieur le Préposé, divergent moins qu'on le croirait. D'où que nous soyons réunis ici, en ce lieu plus que morne, plus que laid, je dirais carrément –

Un éternuement m'interrompit, si violent que j'en tressaillis toute et avec moi la chaise, dont les quatre pieds heurtèrent le sol en claquant. Je grimaçai de douleur. Je venais de me mordre la langue, le sang m'emplissait la bouche.

Je décidai de cracher par terre et de ne plus dire un mot.

La cagoule pencha un peu la tête, méditatif. Tira sur son cigare, derechef m'en souffla les émanations infectes à la figure. J'eus alors une apparition, celle qui avait déjà visité Méli : Vrochunda la cavale, après avoir saccagé l'appartement Wilmer, au désespoir de Madame Roulin, à l'amusement de la vieille Diane, déboule écumante en ce cachot. Elle m'adresse un clin d'œil, au même instant en un éclair une longue unicorne lui jaillit du front. De cette dague, elle embroche le bouffi au cigare, baudruche crevée qui glisse à terre, flaque sale dans quoi je n'ai pas la malchance de souiller ma semelle en m'échappant.

Comme perçant à jour ma vision, Cagoule me frappa la pommette gauche avec la torche métallique. Avec dextérité, ni trop ni trop peu. Puis il se mit à se tapoter le creux de la main avec l'objet, produisant un clapotement moite. Nuque raide, je n'émis aucun son, ne portai aucune main secourable à ma pommette cuisante. Ah, pourquoi ce stoïcisme vaniteux ? Est-ce que, sauvant la face, je crois sauver le reste ? Est-ce que, n'accusant pas le coup, je crois supprimer le coup ? L'autre releva brusquement le bras et resta torche en l'air. Aussitôt le perroquet docile reprit sa place dans mon gosier.

... Vrochunda, bien sûr, Vrochunda la fantasque dont le théâtre est un pont – eh bien, si Méli est orpheline, Vrochunda fut abandonnée à sa naissance, ce qui n'est pas mal non plus, la Commission en conviendra, pour écarter du droit chemin – mais qui parle d'écarts ? D'être ainsi ficelée à ma chaise me fait chercher le mal partout. Donc une de mes créatures passe le plus clair de son temps dans les livres et l'autre est à la rue, par les routes, dans les terrains vagues et les foires, certes recueillie par quelqu'un de sa tribu mais néanmoins pas toujours en compagnie très – que voulez-vous que je vous dise ? Très régulière ? Très catholique ? Très relevée ?

Il avait abaissé le bras mais, torche serrée, se tenait détente prête.

... récapitulons, Monsieur le Chargé d'enquête : Diane, la vieille muette, Méli, la romantique orpheline, Madame Roulin, la femme du peuple, le bon docteur B., les chers disparus, et maintenant, roulement de tambour, Vrochunda la vagabonde, un peu sirène, un peu sorcière, toute nimbée de troublant mystère – quoi ? Que dites-vous ? Encore une de ces sales métèques ? Un nom à coucher dehors ?

Ma tempe meurtrie avait gonflé, je n'y voyais plus guère de ce côté.

... précisément, Sergent, deux mots du présent gîte de ma bohémienne. Lorsqu'elle m'est apparue, chantant sur le pont, avec son caraco jaune et sa longue jupe, aussitôt je l'ai dotée d'une roulotte au complet, avec lanterne, cage à oiseau, chèvre aux cornes dorées, grand chien hirsute, et pour la traction ce puissant pommelé pour l'heure au repos, là-bas au fond du pré, pendant que sa maîtresse cueille à la haie des branches fleuries. C'est un matin de mai. En réalité, la gitane est sans caravane, elle n'a pas même un canari. Il y a peu, ma diva du pont a quitté une chambrette à peine mieux aérée que cette cellule et elle loge chez des gens pour le moment en vacances. A leur retour, la belle sera à la rue. Or voici qu'approche la mauvaise saison. Ce qu'il faudrait –

Je pris un air inspiré et me frappai le front du doigt, attisant la zizanie à l'intérieur de mon crâne.

... Monsieur l'Adjoint, vous rappelez-vous Karel ? Oui, ce Pavel, ce Gricha de la séquence trois ? Karel, le beau Karel à l'air nonchalant et aux pommettes tatares. Puisque la Commission ne prise pas qu'on soit entre femmes, voici du renfort pour la Commission. Je ne sais pas au juste ce que Karel fait dans la vie mais il se débrouille, il se débrouille même très bien. La preuve, il a déniché cette maison, un vrai miracle –

J'avais si mal, je perdais la tête. Parler de la maison à l'horrible bonhomme ! La maison, il fallait la taire, elle était le repaire, elle était le secret. Elle devait rester cachée, comme la cabane dans l'arbre...

... Lieutenant, votre irruption précipite le mouvement. Moi dont le seul désir était de m'éterniser en ce bal, ce petit bal perdu, et y tourner, tourner – « jusqu'à la fin du monde, vers une nuit profonde... » chantonnai-je, décrivant de la main de petits cercles vagues. Mon cœur cognait contre mes oreilles comme s'il cherchait à s'enfuir par là. Si ce type découvrait la maison, tout était par terre. Je me redressai.

— Vous devez, dis-je, appartenir à une espèce foutrement résistante pour ne pas succomber à cette asphyxie. Mais êtes-vous toujours là ? Borgne comme vous m'avez faite, je ne vois plus qu'une sorte de nain, un vilain gnome, et même pas, mais un tas, un hideux tas marron –

Il me frappa de nouveau, et encore. Les huit angles de la pièce achevèrent de fondre, le sol rejoignit le plafond en une bulle qui aussitôt explosa, nous pulvérisant, mon monstre et moi. Toutefois, juste avant de perdre conscience, je sus l'essentiel : je n'avais pas répondu à la question. J'avais parlé mais n'avais pas répondu à la question. Elle demeurait en moi intacte, sauvée.

10

Au début d'octobre, Vrochunda cessa de venir sur le pont aux Heures. Presque tout le mois fut beau et la clémence du temps permit à Méli de croire que la désertion de Vrochunda ne tenait pas à un caprice. Quelque chose d'important et d'imprévisible était arrivé. Encore que la dernière fois n'eût pas été pareille aux autres. Lorsque, chacune partie de son côté, Méli s'était retournée, comme elle le faisait toujours, elle avait vu que Vrochunda s'était arrêtée et la regardait. Que se passait-il ? Méli devait-elle revenir ? Mais de loin Vrochunda avait eu un geste du bras : va, continue... Pour une fois, ç'avait été le tour de Méli de partir avec sur elle le regard de Vrochunda.

Elle sait ce que ça m'a fait de la rencontrer. Elle sait que ça me serait intolérable de la perdre comme ça, sans rien comprendre. Ce n'est pas possible qu'elle veuille me causer une telle peine, pensait Méli. Qui chante ainsi ne peut faire mal pour le plaisir de faire mal.

Et la disparition de Vrochunda ne ressembla pas à l'abandon que Méli avait imaginé. L'événement est arrivé, aussi absolu que son inverse. Vrochunda n'est plus là. Il faut que je reçoive son absence avec force, comme j'ai reçu sa présence. Que vaudrait mon amour, s'il ne pouvait rien endurer ?

D'abord elle crut possible de recevoir un mot de Vrochunda. Mais quelle sorte de mot ? Un adieu ? Une invite ? Une explication ? Méli renonça à ce billet. Vrochunda devait se méfier de cet usage, écrire. Quand une fois Méli lui avait remis son adresse, le bout de papier, regardé un instant, lui avait été retourné, à sa déception. Mais, quelques jours plus tard, Vrochunda avait redit à Méli son numéro de téléphone, ajoutant ce qui fut entendu comme un gage d'affection : je n'oublie rien...

Ainsi Méli ne s'effondra pas. Elle continua d'entourer sa grand-mère, fut comme avant de bonne humeur avec Madame Roulin et le docteur. Elle continua au cours d'octobre d'aller dans le jardin du pont aux Heures puis, quand une sombre pluie s'installa, elle continua de passer le pont, s'arrêtant au café des Trois Platanes où elle s'asseyait près de la vitre. Elle préféra, en un premier temps, une immobilité vigilante. Vrochunda savait où la trouver.

Une nuit elle rêva qu'elle se rendait à une dernière séance d'essayage. La costumière, Vrochunda elle-même, lui ajustait la paire d'ailes élaborées au cours de nombreuses heures, enfin parachevées. Puis, du haut d'un promontoire, Vrochunda poussait Méli dans le vide. L'espace était ample, profond et bleu. Vole ! entendait Méli derrière elle, vole !

Quand il cessa de pleuvoir, les arbres commencèrent de se dénuder, il fit froid. Novembre bientôt, les jours courts – bientôt je la chercherai du regard dans la nuit. Mais, se disait Méli, je la reconnaîtrai quand même du premier coup.

Elle n'est plus là. Méli se corrigea : elle est ailleurs. Ailleurs elle existe, ailleurs elle vit, respire, bouge, chante. Et Méli parvint à se persuader que cet ailleurs n'était pas très éloigné. J'aurais eu des nouvelles, si elle était partie loin.

Ainsi, non seulement l'empêchement de Vrochunda ne signifiait pas qu'elle fût malade ou en danger – une idole est invulnérable – mais l'ailleurs où elle se trouvait n'était pas lointain. Un rayon proche, elle est dans un rayon proche, se répétait Méli, et le mot rayon, géométrique et lumineux, brillait comme une baguette de fée.

Ce moment, du haut du promontoire, quand Vrochunda la lançait dans l'air bleu où elle planait comme l'oiseau : où elle avait senti la ferme poussée d'une main, entre ses omoplates ailées, Méli sentait le regard de Vrochunda. Ce regard l'accompagnait, la maintenait appuyée sur l'abîme, glissant sur lui. Lien, lumière de ce regard : c'était le dernier regard sur le pont, quand Vrochunda avait eu ce signe de la main : va, continue...

Pas une seconde je ne dois cesser de penser à elle, voilà ce qu'il faut. Que ma pensée soit comme son regard qui m'empêche de tomber. Et Vrochunda, si souvent ressentie comme distante quand elle était à portée de main, physiquement éloignée ne l'était plus.

Novembre. Le jardin avait été cette île heureuse au fil de l'été. Novembre, la ville maussade, à la fois agitée et morne. Méli ne connaissait la campagne que par les livres. Elle aurait voulu sentir ses brumes et ses gelées, respirer l'odeur des champs vides, voir sous le ciel gris les bois défeuillés, entendre leur silence en cette saison que l'on dit morte.

*

En raison de travaux, le parcours de l'autobus 11 fut dévié par la rue Mondétour. Le terminus de la ligne 11 s'appelle le Bout du Monde, une toponymie courante de par toute la terre en beaucoup de langues, paraît-il. Le lieu-dit est inscrit sur les véhicules numéro 11. Un soir que Méli rentrait à la maison, elle aperçut à l'arrière de l'autobus une femme aux cheveux relevés en chignon qu'un réverbère un instant éclaira de blond roux. La fugitive ressemblance souleva Méli d'espérance. Et ce soir-là, l'histoire lue à Diane – Méli n'avait jamais omis le quotidien rituel de la lecture à sa grand-mère – fut dite de telle manière que Madame Roulin la commenta ainsi : parfois on dirait que ce que vous lisez va arriver.

11

Un chemin de terre quittait la route secondaire et coupait à travers champs jusqu'au grand portail du haut, ses ventaux cadenassés par une chaîne. Le grand jardin à l'abandon était en légère déclivité et, du portail, on n'apercevait pas la maison. En bas, dans le mur couvert de lierre qui entourait une partie de la propriété, il y avait une petite porte de fer piqueté de rouille. De là un sentier descendait dans le vallon puis remontait à travers un bois. Du haut de ce bois on apercevait en face un pan de mur clair, un peu de toit ocre sous de grands peupliers. En bas dans le vallon, au bord du petit sentier, un écriteau aux lettres tracées à la main disait Passage Privé.

C'était un matin d'avril. Karel avait dormi dans sa voiture, comme cela lui arrivait, et à son réveil avait roulé par la campagne jusqu'à une fontaine de village où il s'était débarbouillé. Il avait déjeuné au café qui ouvrait sur la place puis, laissant sa voiture, était parti à pied. Le beau matin ! Arbres en fleurs, chants d'oiseaux – Karel sifflait de plaisir en marchant.

Il s'arrêta avant le bois, cueillit une longue herbe, la mit entre ses lèvres. En face de l'autre côté du vallon, sous un bouquet de peupliers, il y avait une maison jouet aux volets bleu gris fermés. Le bois pentu sentait encore la nuit. Karel courut sur les aiguilles de sapin pour retrouver le soleil.

Il suivit le sentier jusqu'à la porte sous le lierre déjà bourdonnant d'abeilles. Il écouta. Rien que les butineuses et derrière lui le silence du bois. Tout près il y eut le lent envol d'un couple de tourterelles. Le bleu si bleu ! Très haut, le point blanc d'un avion inaudible. Doucement Karel essaya la poignée de la porte de fer, qui ne grinça ni ne céda. Prenant à droite, il commença de longer le mur, qui là-bas tournait en remontant, serré par la première rangée d'une vigne. Puis une clôture doublée d'une haie sauvage tournait encore sur le replat et Karel se trouva devant la grande grille enchaînée. Il s'éloigna par l'allée pierreuse fleurie de pissenlits, jusqu'à la route où durant ce temps aucune voiture ne passa. Alentours, une étendue de champs cultivés, au fond vers le nord un remblai de chênes. Puis il revint sur ses pas et continua son chemin de ronde. Au milieu des vignes, protégé de la bise, le domaine couvrait le tiers du coteau. Karel vit de l'autre côté du vallon l'endroit où il avait cueilli la graminée dont il mâchonnait toujours la tige. Les arbres cachaient la maison aux volets gris. Il n'y avait pas de chien. Et il y avait longtemps que personne n'avait touché à la chaîne rouillée qui verrouillait le portail. Revenu à la porte du bas, cette fois en la poussant fort de l'épaule, Karel de nouveau en abaissa la poignée, qui ne grinça ni ne céda, et, pensa le visiteur, c'était mieux ainsi. Il y avait dessous, déjà tiédie par le soleil matinal, une marche usée où Karel s'assit. Il appuya sa tête dans l'angle du mur et, sous les abeilles affairées, ferma les yeux. Dans le bois, un coucou chanta. S'il chante trois fois... se dit Karel sans finir. Il y eut les deux autres fois, faibles et distinctes, issues d'un autre point du bois. C'était ou ce n'était pas le même oiseau. Karel ouvrit les yeux, il sortit son paquet de cigarettes. Au lieu de jeter la longue herbe, il l'enfila dans la serrure de la porte.

*

Elle y était toujours quand il revint quelques jours après, en fin de journée. Il avait laissé sa voiture dans un retrait de la lisière du bois. Le soleil glissait dans le creux du vallon. Karel escalada le mur à une vingtaine de mètres de la porte de fer, où le lierre se clairsemait, et sauta de l'autre côté.

Souvent ensuite, même après s'être fabriqué une clé pour la petite porte, Karel pénétrerait ainsi dans le jardin. Il resta prudemment accroupi et immobile. A quelques pas de lui, l'eau d'un étang qui avait finement tremblé à sa chute redevenait lisse sous les branches. Certains hivers elle gelait, scellant quatre ou cinq carpes qui remontaient aux beaux jours se réchauffer et gober des insectes. Karel, pas pressé de se relever, humait le sol moussu et tendre à cet endroit ombreux. Là-bas en haut du pré les derniers longs rayons quittèrent la façade aux volets clos, les hampes des trois peupliers gardiens encore teintées de rose doré. Karel se mit debout et lentement s'approcha de la maison.

Elle semblait parfaitement inhabitée, pourtant Karel eut si fort l'impression d'être observé qu'il s'arrêta au milieu du pré, bien en vue, comme pour signifier à la présence derrière les volets joints que, s'il le fallait, l'intrus ferait demi-tour sans insister. Mais tout demeurait tranquille. C'était la maison elle-même qui regardait venir le sauteur de mur, avec curiosité et non sans bienveillance, comme si, d'être seule depuis longtemps, elle s'était mise à attendre quelqu'un. Les pas de Karel crissèrent sur le gravier. Il s'arrêta de nouveau. Il y eut, en hauteur, un large souffle, les peupliers frémirent puis se turent. Entre la porte-fenêtre et le pied tors d'une glycine, il y avait un banc et Karel, oubliant son intention de faire le tour de la maison, s'assit sur ce banc. Et comme un habitué de ce banc, il contempla ce que jour après jour au travers des saisons la maison contemplait : en face le bois qui s'assombrissait dans le crépuscule, à droite la longue vague basse d'une montagne bleu noir sur le couchant clair, à gauche et au-delà du bois vers le sud-est un moutonnement jusqu'à l'horizon de collines, de vergers, de vignes et de champs avec ici et là les toits d'un village. Derrière lui – mais il ne pensait plus à elle – la ville, le nord.

La lune croissante s'éclaira. Karel ne sentait point de vent mais de temps en temps, tels de pacifiques géants, les peupliers chuchotaient vers le ciel. Assis sur le banc à la peinture écaillée, Karel ne bougeait pas. Il sentait dans son dos, comme tombait la nuit, une faible tiédeur émaner du mur de la maison. Ses yeux se faisaient à l'obscurité. Il percevait de menus bruits. La petite lune brillait. Au bas du pré survint une ombre basse qui demeura immobile plusieurs secondes puis se coula dans le noir des taillis. Un renard, se dit Karel avec un tressaillement de plaisir. Il sentait derrière lui la masse de la maison, point hostile, seulement remplie d'une nuit plus dense que celle qui s'ouvrait au dehors. Fugitivement il pensa à des nuits d'été futures, mais qu'il avait connues déjà, il pensa au pré noyé d'ombre ou de lune, au parfum des plantes, à la petite flamme d'une veilleuse posée sur le seuil de la porte-fenêtre ouverte – il pensa à des soirs d'hiver, le feu dedans, dehors le gel, puis il revint à sa nuit d'août, quand, allongé sur ce même banc, son blouson roulé sous la tête, il regarderait là-haut au bord du toit les étoiles. Un hérisson fourragea au bas des buissons puis trottina sur le gravier à quelques pas de Karel. Il aima son immobilité de statue vivante. Il pensa : il n'y a que moi à savoir que j'existe ici en ce moment. Que moi et ce banc, ce pré, le mur en bas du jardin, la petite porte en fer, l'étang, le renard peut-être... Il pensa : je reviendrai ici et je ne toucherai à rien.

Un oiseau nocturne vola au-dessus du massif de buis, sa silhouette croisant la lune comme en une image de livre d'enfant. La cloche d'un village tinta la demie d'une heure oubliée. Puis dans le vallon un rossignol lança ses notes inquiètes et ravissantes qui fusèrent, multicolores, dans l'obscurité. Lorsque Karel descendit le pré, la petite lune un instant se mira dans l'étang invisible.

12

Méli fait ce rêve : Vrochunda l'appelle et lui demande de l'accompagner en un certain endroit où elle, Vrochunda, recevra une révélation essentielle. Elle ne peut se rendre en ce lieu que dotée d'une ombre. Or elle en est dépourvue. Méli lui servira d'ombre : tu me suivras comme mon ombre. Méli accepte avec empressement.

A la stupéfaction de Méli, l'endroit est une salle de boxe juste avant un combat. Sur le ring les deux boxeurs sont prêts. Méli ne connaît rien à la boxe mais l'inégalité des adversaires saute aux yeux. L'un est un gigantesque poids lourd aux muscles saillants, l'autre un frêle poids coq. Et le poids lourd est complètement ivre. Cette ébriété équilibrera peut-être les forces. Pas du tout. Déjà le poids coq est écrabouillé. Le gros boxeur soûl sautille et se pavane grotesquement. La foule l'acclame en hurlant. Méli voudrait être à mille lieues d'ici. Pourquoi Vrochunda l'a-t-elle conduite en cet endroit horrible ? Quelle est la révélation attendue ? Quelle révélation peut naître de cette boucherie ? Mais Vrochunda est aux anges et manifeste son enthousiasme sans retenue. Quel spectacle magnifique, quelle aventure, ah quelle aventure ! répète-t-elle, transportée. Méli emplie de confusion essaye de tirer de là son amie. Soudain Vrochunda s'écrie : regarde ! Regarde !

Le local est vide. Au milieu du ring, un amas sanglant, les restes du petit boxeur martyr. Méli détourne la tête, elle a la nausée. Regarde ! crie de nouveau Vrochunda, bras tendu, index pointé. Quelque chose brille sous les chairs disloquées. Vrochunda bondit sur le ring. Voilà ce que je suis venue chercher, dit-elle à Méli, ceci m'appartient, c'est à moi, à moi ! Elle brandit son poing serré sur l'objet brillant.

La salle de boxe s'efface. Les deux femmes sont sur une esplanade déserte, balayée par un vent poussiéreux. On dirait qu'une tempête de sable s'approche. De nouveau, Vrochunda n'est pas pressée de s'en aller. Les deux sont vêtues de longues robes du temps passé, non d'élégantes et froufroutantes toilettes mais d'austères robes de drap sombre fermées au cou et aux poignets et descendant jusqu'aux chevilles. Ah, mais qu'attend encore Vrochunda ! Méli voudrait lui ouvrir les yeux – elles viennent d'assister à une scène hideuse, atroce, Vrochunda s'est trompée, il faut qu'elle jette cette pierre néfaste qu'elle presse sur son cœur...

Méli se tait. Vrochunda ne se laissera pas convaincre. Elle s'offensera, se mettra en colère. Méli se tait pour un autre motif. L'objet brillant n'est autre que la bague du premier jour, la bague du pont aux Heures. Vrochunda ne l'a pas reconnue. Ce qui est encore plus triste, c'est que la bague soit maléfique. Méli regarde Vrochunda haute et droite dans sa longue robe sombre. Elle se rappelle la raison de sa présence : servir d'ombre. Voilà, bien sûr, ce que Vrochunda est venue chercher, voilà l'objet vrai de sa quête, son ombre. Mais Vrochunda s'aveugle. La bague est un leurre.

Sur l'esplanade, un soleil gris perce les rafales de poussière. Vrochunda n'a pas d'ombre. Elle devrait, pour gagner cet attribut, jeter loin d'elle la bague. Alors la pierre verte, source de lumière, donnerait à Vrochunda cette ombre qui ferait d'elle une créature humaine, dressée vers le ciel, ancrée à la terre.

Que Méli parle, puisqu'elle sait ce qu'ignore Vrochunda ! Qu'elle parle, pour l'amour de Vrochunda ! Mais elle continue à se taire. Si elle parle, ce sera au prix de son rôle auprès de Vrochunda. Rôle d'ombre, le seul possible. Méli se tait, et pour être sûre de garder le silence, elle plaque contre sa bouche ses deux mains. Ne rien dire ! Garder son humble place auprès de la chanteuse, n'est-ce pas tout ce que Méli désire ? Ah mais il semble que cette obéissance n'aille pas sans mal. Une voix de vérité veut se frayer passage, un cri veut percer le bâillon des mains de Méli ! De Méli étouffant Méli ! Elle va se mutiler à vie, elle ne pourra plus jamais pousser un cri, cri d'appel, de terreur, de douleur ou de joie !

Les sanglots tirent Méli de son cauchemar. Elle est en sueur, elle hoquette. Elle s'assied au bord du lit. Elle reprend conscience. Mais l'emprise de son rêve est si forte que sa première pensée est de se demander si Vrochunda possède une ombre en vérité !

13

Il y avait peu de chances que la passagère rousse entrevue dans l'autobus fût Vrochunda. Toutefois le phénomène de ressemblance fit tellement plaisir à Méli qu'elle eut envie d'agir et le lendemain elle se mettait en piste. Je vais faire comme si c'était elle, se dit Méli. Je vais supposer qu'elle fréquente cette ligne onze et je vais faire la même chose. Je ne dois pas me demander par où commencer, je dois commencer. Je me raconte ces histoires de rayon proche mais peut-être que Vrochunda est bel et bien partie aux antipodes. Là-bas je suis sûre de ne pas pouvoir aller, à cause de Diane. Mais rien ne m'empêche, suite à ma vision d'une dame rousse dans une voiture qui s'appelle Bout du Monde, de considérer la ligne 11 comme un filon. Ça ne me conduira sans doute nulle part. Ça n'a pas d'importance. J'ai lu cette histoire où un homme met tout en œuvre pour retrouver la femme qu'il aime. Il a de puissants moyens, il lance partout ses limiers, il fait plusieurs fois le tour du monde, il dépense des sommes énormes. Au bout d'années, alors qu'il a perdu tout espoir et abandonné sa recherche, il retrouve la disparue. Je ne retrouverai Vrochunda que si elle veut être retrouvée. Je ne resterai pas pour autant les bras croisés. Cette femme dans l'autobus est un signe, un appel. Je m'endormais. Le cauchemar de l'autre nuit m'a réveillée. La petite suivante va se transformer en poursuivante. Je voyagerai par la ligne 11, aller, retour, et encore. J'irai au Bout du Monde. Je verrai bien. Infiniment peu de chances, c'est sûr. Mais qu'ai-je à perdre ? A la fin, je trouverai au moins une autre Méli. Une Méli avec peut-être quelques idées fausses en moins. Les idées fausses sont celles qui m'éloignent de Vrochunda, les justes celles qui me rapprochent d'elle.

*

L'autobus 11 tourne sur la place du hameau de L. Pas loin, le Bout du Monde est une terre boisée lovée dans un méandre du fleuve. L'endroit est une réserve naturelle protégée. Pas de voitures, pas de chiens, pas de pique-niques. De ce fait – Monsieur M. sourit – pas beaucoup d'humains. C'est un très bel endroit. Des étangs, des oiseaux, des fleurs. Le calme sous les grands arbres au bord du fleuve. Un endroit à part. Une sorte d'île, on pourrait dire. Je vais souvent y faire un tour, tôt le matin, ou après la fermeture...

Le hameau a un café, La Moisson, tenu par Monsieur M., un homme âgé qui bavarde volontiers. Il parle à Méli d'un moulin encore en travail du temps de son grand-père. Contre les murs, il y a des photographies sous verre. Voilà le grand-père, le pied sur un sac de grain comme un chasseur sur un lion. L'enseigne du café est rouge foncé aux lettres dorées, avec une décoration d'épis entrelacés.

Quand j'étais petit, les bohémiens s'arrêtaient encore là-bas. Un bon campement, l'eau tout près, des osiers à foison, la protection à l'intérieur de la boucle du fleuve. Pour les gens d'ici, ces voyageurs venaient du bout du monde...

*

Sur la place, devant La Moisson, il y a une vieille fontaine. Son eau est bonne à boire. C'est à cette fontaine que Karel a bu, un matin d'avril. Je connais cette fontaine. J'ai toujours soif quand je passe auprès d'elle et toujours je m'y désaltère.

*

C'était Vrochunda elle-même, dans cet autobus de la ligne 11, un vendredi soir au début de novembre.

Ce jour-là, le feu ne prenait pas. Karel n'était pas rentré depuis deux ou trois jours et, bien que chacun fût libre d'aller et venir à sa guise, Vrochunda s'irrita de cette absence. Elle pesta contre un peu tout, la pluie qui avait mouillé le bois qu'il aurait fallu rentrer, Karel qui ne sentait pas le froid dans la maison, la cheminée qui tirait mal, la fumée qui piquait les yeux. Il n'y avait plus qu'une allumette dans la boîte. Elle renonça au feu, se ramassa sous une couverture devant l'âtre, contemplant, morose, les morceaux de bois qui y fumaient. Ça sentait le moisi. Plonger dans une crique à l'eau si transparente qu'on aperçoit au fond ce coquillage rose... On était comme en pleine nuit alors qu'il ne devait pas être plus de cinq ou six heures. A l'étage il y avait une montre, mais à quoi bon savoir l'heure ? La maison était loin de tout. Vrochunda eut peur de l'hiver qui venait. Elle ne chantait pas, ici. Elle alluma la bougie près du canapé et revint se blottir sous la couverture qui sentait la vieille poussière. Si le feu avait pris, elle aurait grillé des tranches de pain et des morceaux de fromage et ouvert une des bouteilles trouvées à la cave. Vrochunda immobile fixait la flamme de la bougie. Soudain elle eut devant elle le visage de Méli. Elle pensait peu à la jeune femme de la bague. Parfois elle lui apparaissait fugacement. Ce soir le petit visage aux grands yeux et au menton un peu pointu ne s'effaçait pas, il flottait dans la lueur de la bougie, avec son air habituel de dévotion, et Vrochunda ce soir aurait bien voulu que l'aimable fantôme prît corps et restât auprès d'elle.

Méli, assise sur ses talons près du canapé, comme elle faisait devant le banc du jardin, sautait sur ses pieds. Elle poussait les bûches noires de côté, crochait la chaîne du tirage au dernier cran, froissait du papier, trouvait des allumettes et le sac rempli de brindilles. Elle rebâtissait le feu qui en quelques instants flambait clair. Elle revenait de la cave avec une bouteille de vin que Vrochunda débouchait. Vrochunda riait du petit visage mâchuré de noir et le débarbouillait avec un coin de foulard mouillé. Méli ainsi traitée serrait les paupières et fronçait le nez drôlement. Maintenant le feu ronronnait. On tirait la vieille carpette tout près, on s'installait pour rôtir le pain et le fromage. Le vin âcre avait un parfum de violette. Méli racontait des histoires de maisons hantées qui faisaient presque vraiment peur à Vrochunda. Plus tard, les deux, devant les braises rouges, à écouter les craquements et la nuit autour de la maison. Plus tard, Méli aux yeux brillants : chante, s'il te plaît...

Vrochunda se leva brusquement. Elle secoua sa jupe, remit le peigne glissé de ses cheveux, mit son manteau. Elle souffla la bougie et sortit de la maison. Il faisait ce clair de nuit des temps de brouillard. Elle courut par l'allée jusqu'à la route. Peut-être qu'une voiture la prendrait. Sinon l'arrêt de l'autobus était là-bas, au carrefour.

14

Il se contente de gains modérés mais quelle adresse pour détourner les valeurs… Karel est un voleur de qualité. Il a, c'est rare parmi sa corporation, le sens de la mesure. Il vole peu mais bien. Son métier exige que concentration mentale et instinct soient en parfait accord et, lorsque Karel est sur un coup, l'expression de son visage est celle de l'acrobate, du jongleur, du chasseur.

Il ne s'occupe pas de drogue. Il n'aime pas les gens de ce camp-là. Ses activités ne lèsent que les riches, autrement dit personne. Il œuvre en solitaire. Erreur et danger viennent par autrui. Karel demeure son unique employé et patron.

Il séjourna sans souci ni étonnement dans la maison des vignes sous les peupliers. Il tint secrète sa découverte et ce secret se fût maintenu sans sa rencontre avec Vrochunda. Après ce soir d'avril, il était revenu sur les lieux en douceur. L'intérieur de la maison était à l'abandon. Vieux meubles, vieux vêtements, journaux d'années en arrière.

Cet été-là fut une bonne saison pour Karel. Il se trouvait bien à la campagne. Il faisait chaud et poussiéreux en ville et les bandes des bars et des trottoirs l'ennuyaient. Sur les sept villas repérées, il n'en visita que deux, mais fructueusement. Chacune était munie d'une protection sophistiquée, mais ces barrages exerçaient sur Karel un irrésistible magnétisme et aiguisaient ses talents de passe muraille et de monte-en-l'air. Le baron qui arme ses portes frontales de chiffres électroniques et de serrures extra-fortes souvent oublie que, par derrière, un balcon est un jeu d'enfant à escalader et que, de la balustrade de ce balcon, on accède au rebord de fenêtre à simple vitre d'une des salles de bain du castelet. Noter que dans les cas rares où une demeure déserte était, quoique intéressante, négligemment fermée, Karel repartait sans rien empocher.

Il n'amena personne en ce jardin. L'électricité avait été coupée mais pas l'eau. Sauf quelques vêtements et de la nourriture consommée à mesure, il n'apporta rien dans la maison. Il laissait sa voiture assez loin et pas toujours au même endroit. Dans la cave, il y avait plusieurs bouteilles d'un vin âpre et au grenier un entassement de livres de toutes sortes que Karel se mit à lire au hasard, les soirs, tant que durait la lumière. Les oiseaux le réveillaient. Il partait à pied, emportant une paire de jumelles trouvées au fond d'un tiroir. Il découvrit un endroit étrangement beau, pas loin du hameau de L., dans une boucle du fleuve. Il y poussait par place des fleurs rose foncé aux pétales serrés et compliqués, plutôt courtes sur tige et qui semblaient de petites lampes émaillant la prairie sous les bouleaux et les pins. Karel restait là des heures. Il se couchait dans l'herbe, fermait les yeux, les rouvrait sur le vol d'un oiseau qu'il suivait tant qu'il pouvait. Il n'eut plus envie de repas dans les cafés et préféra manger sur le pouce. Il dormait paisiblement, à l'étage sur un matelas ou dans la grande chambre du rez-de-chaussée, sur un canapé au velours râpé. Il n'eut pas à dissuader d'autres curieux ou rôdeurs et fut sensible à cet humour des choses. Il ne craignait le retour de personne, prêt à filer en quelques minutes ou, les lieux réinvestis durant son absence, à n'y plus remettre les pieds. D'ici là, il dormait comme un ange. D'ici là, il écoutait les nuits douces, il contemplait les étoiles. Il se couchait à l'ombre près de l'étang. Il passait un été mémorable, l'été de sa vie, si un jour il en venait à cela, se souvenir du passé. Deux ou trois fois il resta en ville pour une femme et chaque fois se réjouit de revenir dans le jardin.

*

Un jour de septembre, Karel croisa Vrochunda sur les quais. La première elle lui fit un signe de tête et il se souvint l'avoir déjà vue. Il lui demanda où et quand. Elle le lui dit. Ils entrèrent dans un café où d'abord ils ne dirent pas grand chose. Karel trouva Vrochunda belle. Ça ne devait pas être l'avis de tout le monde, se dit-il, ce qui renforça son sentiment. Il n'avait pas vu cela la première fois. La maison me change, pensa-t-il, elle m'ouvre les yeux. En face de lui, Vrochunda cessa de tourner autour de son annulaire une bague qui jetait des feux. Elle posa les mains à plat sur la table et regarda Karel.

— Je n'ai pas de logement. Tu n'aurais pas une idée ? Et pas d'argent non plus. Sauf ça – elle toucha la bague – mais elle n'est pas vraiment à moi.

Elle avait quitté une chambre-placard, dormait pour peu de temps chez des gens, dans le corridor. Elle sourit à Karel. Son sourire lui bridait les yeux.

— Ne te casse pas la tête. Je t'ai dit ça en passant. Je retomberai sur mes pattes d'une façon ou d'une autre.

Karel resta d'abord sans répondre. Outre l'attrait qu'il ressentait pour cette femme, il avait inexplicablement confiance en elle. Et quand il dit que oui, il en avait une, d'idée, c'était par plaisir et non pour obliger. Il avait trouvé la personne à qui montrer son lieu de rêve. Il prévint Vrochunda que l'hospitalité offerte était relative. Ils passèrent prendre le sac contenant le peu d'affaires de Vrochunda.

15

Ils vécurent sous le même toit. Il n'y eut point de consignes, point de heurts, point de gêne. La présence dans la maison fut aussi discrète que durant la solitude de Karel. Chacun partait et revenait à sa guise. Ils passaient parfois un moment ensemble. Ils ne se donnaient pas le mot. Karel fit des provisions de nourriture. Vrochunda amena un petit réchaud à gaz, ne prit pas d'autre initiative ménagère, trouvant bon l'ordre des choses comme il était. Elle occupa une chambrette du haut où Karel n'avait jamais choisi de dormir. Il lui donna de l'argent qu'elle accepta. Parfois elle prenait l'autobus et allait en ville. Cette cohabitation idéale eut pour effet de dissiper le commencement de désir de Karel pour Vrochunda.

Les deux dans la maison, comme dans le ventre du créateur... En cette île hors du temps, ni hantise ni attente, ni labeur ni progrès...

*

Vrochunda l'absolue, l'infaillible – telle en tout cas la voit Méli – Vrochunda par son chant presque fée : un soir en elle quelque chose ploie, cède. Mais aussi se tend, comme une voile prend soudain le vent, et la coque s'enlève d'un coup sur l'eau. Un soir Méli manque à Vrochunda. Un soir où le feu se refuse, où la venue de l'hiver serre le cœur, où Vrochunda voudrait fredonner contre le froid et l'obscur mais sa voix s'éteint dans sa gorge. Un soir où Karel est parti – et quel sorte d'ange fraternel est-il, ce Karel imperturbable qui tout dispense et survole sans se cogner à rien ni se salir ni perdre une plume ? Un soir Méli manque à Vrochunda, juste retour sans doute de tant de fois où Méli a souffert faute d'une goutte de douceur, d'une miette de gentillesse.

*

Le choc que ressent Vrochunda quand elle aperçoit Méli qui marche le long du trottoir est l'écho du choc de Méli qui entend pour la première fois le chant sur le pont aux Heures. Ah ! Vrochunda allait revoir les yeux fervents, entendre à nouveau les bouts de phrase balbutiants et se savoir la raison de tant d'émoi. Le noble Karel, l'indifférent Karel avait l'argent, la maison, l'indépendance. Vrochunda aurait Méli.

*

Elle ne bougea pas de sa place dans l'autobus. Elle ne fit pas un geste, elle ne tourna pas la tête. En une seconde elle vit que si elle descendait du véhicule, elle courrait vers Méli, la prendrait dans ses bras – tomberait dans les bras de l'autre pour le coup ahurie. Diable, pourquoi retenir un mouvement qui aurait fait deux heureuses ?

Dans l'instant, deux heureuses. Dans l'instant. Et celui d'après ? Et le suivant ? Et le lendemain et le surlendemain ?

Vrochunda ne sortant pas de l'autobus agit de façon nouvelle, étrangère à sa nature. Quand elle chante, elle n'hésite pas. Elle lance sa voix en avant et son don la porte et l'emporte, son don la protège du calcul et de l'erreur qui font souffrir. Et elle vit comme elle chante, elle ne recule pas. L'eau vive ne rebrousse pas le lit du torrent, le souffle ne remonte pas le roseau, la voix projetée ne rentre pas dans la gorge. Une fois Méli a dit : tu es tout entière une flûte où joue le vent qui passe. Or voilà que l'ouvert se ferme, que l'élan se fige. Le désir s'en tient là, la fleur est laissée au buisson, l'étreinte dans l'instant exquise ne sera pas. Vrochunda ne sort pas de la voiture, elle serre des deux mains le bord du siège.

Elle a eu cette vision brutale : Méli tombe d'une roche abrupte et se tue et c'est elle, Vrochunda, qui l'a poussée. Zoom sur le corps broyé au bas de la falaise, quelle horreur.

Méli a attendu, mais personne n'est descendu à l'arrêt, là-bas avant le virage. L'autobus disparaît. Et maintenant Vrochunda cache son visage dans ses mains. Elle pleure amèrement. Le vrombissement de l'autobus l'aide à pleurer, et qu'il fasse nuit et qu'autour d'elle il n'y ait personne. Amèrement, de ne pas en cet instant serrer contre elle Méli la douce. Elle pleure pendant tout le retour vers le Bout du Monde. A la fin elle est la seule passagère et le conducteur voit dans son rétroviseur se soulever les épaules de cette femme et comme elle essuie ses yeux et ses joues. Elle n'a pas de mouchoir. Les gens ne pleurent pas si souvent comme ça dehors, pense-t-il en tournant son grand volant. Elle a un sacré gros chagrin celle-là.

Vrochunda laissa passer l'arrêt du carrefour. Sur la place déserte de L., elle se moucha avec les doigts. Le conducteur, qui attendait les 45 pile pour démarrer pensa « quelle sale » et cessa de la plaindre. Elle alla boire à la fontaine, se redressa, respira un grand coup puis s'enfonça d'un pas résolu dans la nuit.

... j'ai bien fait de ne pas retourner sur le pont. J'ai bien fait de ne pas dire à la petite pourquoi. D'ailleurs qu'est-ce que je lui aurais dit ? J'ai bien fait de ne pas bouger tout à l'heure. Elle aurait eu mal. Pas tout de suite mais elle aurait eu mal. Elle ne me reverra jamais. J'ai ma cache, j'y reste. Je passe l'hiver. En un hiver, tout est oublié, c'est comme si rien n'était arrivé. Qu'est-ce qui m'a pris de pleurer comme ça...

C'était une nuit de brouillard. Vrochunda en aimait l'odeur et respirait ce brouillard à longs traits. Elle aimait aussi le bruit de ses pas sonnant sourdement sur la route que le clair de brouillard blanchissait entre les champs. Avant le bois elle aperçut une lueur sur le coteau d'en face. Karel était rentré. Le bois sentait la mousse et la résine. Elle le traversa sans trébucher sur la moindre racine.

Elle ouvrit silencieusement la petite porte de fer et le lierre au passage se frotta à ses cheveux. Elle monta le pré. Elle n'entra pas tout de suite mais regarda Karel par la fente des volets de la porte-fenêtre. Il avait allumé le feu et, à genoux, soufflait sur la braise. Sur une grille posée entre deux briques, il y avait la marmite grise. Si seulement c'était des lentilles au lard, espéra Vrochunda. La salive lui vint à la bouche à cette idée. Elle toqua au volet. Karel ouvrit. Il y a plein de petites perles dans tes cheveux, dit-il. Est-ce que tu as faim ?

*

A La Moisson, les mains autour de son verre de thé, Méli essaya de prendre un air dégagé.

— Vous n'auriez pas vu passer une femme, nouvelle par ici, plutôt grande – peut-être même qu'elle est entrée dans le café ? Ses cheveux...

Elle s'interrompit, le sang lui montant aux joues de parler de Vrochunda. Elle fut soudain découragée. Qu'est-ce qu'elle faisait ici, ici plutôt qu'ailleurs, s'obstinant – tout ça n'avait pas de sens...

Le père M. ne répondit pas tout de suite. Il sembla à Méli qu'il la regardait d'un drôle d'air. Mais son visage s'éclaira :

— Une grande rouquine qui se balance un peu en marchant ? Avec un long manteau et pas de sac. Oui. Juste une fois. Mais elle n'est pas entrée dans le café.

Pourtant Vrochunda avait bien été tentée de passer un moment à La Moisson, une fin d'après-midi où ça ne lui disait rien de rôder dans la campagne ni d'aller en ville. Et le père M. s'ennuyait et aurait bien voulu qu'arrive quelqu'un. La femme s'était approchée de la porte mais elle avait dû changer d'idée au dernier moment. Vrochunda, sans un sou sur elle, n'avait pas eu envie de demander crédit. Derrière la vitre Monsieur M. avait regardé la femme s'éloigner, une rousse à la démarche chaloupée qu'il n'avait jamais vue. Elle était repartie sans se presser du côté des bois de la combe. Qu'est-ce qu'on pouvait trouver à y faire à pareille heure ? Le matin, il y avait parfois un amateur de champignons mais maintenant, à la nuit tombante... Vrochunda ne pouvait pas deviner qu'on lui aurait volontiers offert le pot. Le père M. poussa un soupir, pas à cause de son rhumatisme mais parce qu'il pensait à la mort et que ça le désolait de devoir partir.

*

Sortant du café, Méli se retint de courir de joie jusqu'à l'arrêt du bus. Pommettes roses, yeux brillants dans le terne novembre – son cœur un cabri d'avril parmi les boutons d'or ! Un grand manteau ! Il est sûrement gris, ou marron foncé, avec de grandes poches. Pas de sac, naturellement, Vrochunda n'a jamais de sac. Méli aurait pu sauter au cou de Monsieur M. Elle se retourne et fait signe en direction de La Moisson. L'autobus 11 arrive, Méli cabri d'avril y monte allègre, elle se réjouit de lire l'histoire à Diane ce soir.

16

Moi aussi je pense à la nuit définitive et, comme le père M., je soupire. Moi aussi, je me désolerai. Je me désole déjà. Une à qui la nuit définitive ne cause pas d'effroi, c'est Diane Wilmer. Ça fait maintenant un bout de temps que la vieille Diane navigue entre deux rives. Son passeur, au lieu de la déposer de l'autre côté, diffère. Le passeur de Diane s'est pris d'affection pour elle. Il vénère les vieux qui se tiennent bien. Ils sont rares. Ainsi, à Diane ancienne et parcheminée mais l'œil toujours clair, lorsqu'elle se fut assise dans la barque, le passeur proposa, en sus de la traversée classique, une promenade nautique. Diane accepta volontiers, rien ne lui ferait plus plaisir que voir encore un peu les siens de loin. L'autre hocha la tête, à vos souhaits Madame Wilmer, et, debout en poupe, appuya sur l'aviron.

*

La première moitié de décembre fut douce, ciels mélangés, larges bouffées de vent atlantique alternant avec des trouées bleues et un soleil pâle qui, loin de la ville, réchauffait l'échine des talus. On humait autour de soi, cela sentait comme parfois, fin février, lorsque un instant passe un souffle avant-coureur...

*

Méli ne lisait plus l'histoire à Diane, elle la racontait. Elle gardait encore un livre entre les mains mais elle improvisait. L'autre soir, l'épisode conté, Madame Roulin toujours fidèle à ces séances dit : longtemps je voulais seulement que ça continue. Maintenant je voudrais savoir la fin.

*

Le 3 décembre, vers une heure de l'après-midi, Meli contourna la grange carrée pour éviter de passer devant La Moisson et elle prit cette route qui partait à travers champs vers un bois. Elle avait une fois longé ce bois et après une assez longue marche en boucle s'était retrouvée de l'autre côté de L., dans la fameuse réserve. Elle s'arrêta à l'orée du bois sombre et pentu, cueillit au bord du chemin une longue herbe dont elle se mit à tourner la tige entre ses doigts. De l'autre côté du vallon où s'enfonçait le bois, auprès de trois peupliers dont Méli ne voyait pas la base, un mince fil de fumée bleue s'élevait, vertical et continu dans l'air aujourd'hui presque immobile. Elle entra dans le bois qui sentait bon le champignon et l'humus. Par intervalle un oiseau solitaire lançait une curieuse note inquiète, comme pour avertir. L'oiseau invisible suivit Méli jusqu'au bas du bois silencieux.

Au fond du vallon, l'écriteau de guingois, le sentier remontant plus étroit à travers le fourré, et sous le lierre la petite porte de fer. Méli, visage levé, ne retrouve pas par-delà le mur la petite fumée. Peut-être qu'en prenant de la hauteur et de la distance...

Le mur serré par la vigne, la haute haie, plus nue à cette époque de l'année. De l'autre côté il y a un grand jardin. Méli l'a rêvée, cette fine fumée bleue tout à l'heure ? Puis le portail, qu'une allée relie à une route car là-bas une voiture jouet roule dans le plat des champs. La chaîne et le cadenas autour des vantaux sont tout rouillés, on ne passe pas souvent par ici. Décidément la petite fumée s'est volatilisée, mais en s'éloignant un bout sur le chemin, Méli retrouve le haut des peupliers. Elle revient et poursuit sa ronde. Un grand jardin planté d'arbres autour d'un feu fantôme. La haie armée d'une clôture redevient mur sous un rouleau de lierre, et voilà l'étroite porte de fer.

Méli n'essaye pas de l'ouvrir. Elle en observe la serrure discrète, pressent le glissement d'une clé, le lourd et silencieux tour des gonds. Elle baisse les yeux et voici ce peigne sur la marche, tout près de la fente de la porte. La bouche de Méli s'ouvre toute grande sur une exclamation muette, presque d'effroi.

Jusque là attentive et prudente, elle se précipite, dévale le sentier en se griffant aux taillis, remonte à travers le bois à folle allure, en haut tombe assise hors d'haleine au bord du chemin. Elle serre si fort sa trouvaille dans la main qu'un pointillé rouge se marque dans sa paume. L'oiseau suiveur grince comme une crécelle puis rentre en clappant des ailes dans son bois.

Le long de la route vers L., Méli mêle pas et course. A tout instant elle jette un coup d'œil par-dessus son épaule. C'est comme si de nouveau il y avait un lieu où arriver de toute urgence – oh, les rendez-vous du pont aux Heures, y filer comme une flèche, toute légèreté, tout ardeur, oh ! Méli couvre sa bouche de sa main, aspirant un cri mi-frayeur, mi-délice.

Toutefois dans l'autobus son excitation retombe. Elle tire de sa poche la longue graminée entortillée et l'émiette entre ses doigts. Une sorte de regret lui vient, un doute étrange. C'est presque comme si elle avait mal agi. Je n'ai rien fait, murmure-t-elle, j'ai eu de la chance, c'est tout. Elle répète, pour conjurer cette pointe d'inquiétude, je n'ai rien fait, j'ai eu de la chance. Puis elle sort le peigne de sa poche et le porte à ses narines. Elle ferme les yeux. Elle se revoit dans le petit jardin à mi-fleuve, elle est appuyée au dossier du banc, elle se penche pour respirer l'odeur fauve de la chevelure de Vrochunda.

17

Puis du froid vint. En ville ce fut le monotone et frénétique grouillement dans les grands magasins surchauffés. Madame Roulin dit à Méli qu'elle avait bien raison de ne plus mettre les pieds dehors, elle-même s'était juré de ne pas bouger cette année, mais vu que les cousins de C. s'étaient annoncés – et Madame Roulin enfonça sur sa tête une toque de laine mauve et sortit, manteau beige dodu, sac en bandoulière fermement sous l'aile – avec tous les malfrats qui profitaient de la bousculade – l'ascenseur l'emporta pleine d'entrain.

*

Le docteur B., replia avec soin son journal et dit à sa femme que cela défiait l'entendement, comment la vieille Madame Wilmer faisait. La longue

Madame B. leva sur son mari des yeux pâles : fait quoi ? demanda-t-elle. Elle avait oublié qui était Madame Wilmer. Je te parle de rester en vie quand plus rien ne nous retient, voilà de quoi je parle. Les yeux pâles le fixaient. Il ajouta, cette fois sans marteler les mots : je te parle d'élan vital tout simplement. Il y a un article là-dedans – . Il tapota son genou avec le journal, le regard triste de son épouse le dissuadant de continuer. Il se leva. En manière de bonsoir, il eut un bonhomme : tu manquerais un peu de fer toi que ça ne me surprendrait pas. Est-ce que les cousins viennent, cette année, ou est-ce notre tour d'aller chez eux ?

*

Après le soir des lentilles, Vrochunda oisive avait rassemblé quelques plats et casseroles et parfois elle faisait à manger pour elle et Karel. Ces repas, apprêtés sur la flamme ou la braise étaient à la fois primitifs et calculés. Longue en était la préparation, longue la consommation. Vrochunda et Karel s'asseyaient devant la cheminée et prenaient leur temps. De toutes façons c'était là le seul endroit chaud de la maison. Ils buvaient le vin découvert à la cave. Ils se parlaient facilement, comme s'ils avaient grandi ensemble, échangeant des bribes de récit de vie. Ils se taisaient avec la même aisance, regardant et écoutant le feu. L'essentiel était d'avoir cet abri pour l'hiver.

Pourtant un soir qu'ils étaient ainsi devant l'âtre, Karel les bras autour des genoux, Vrochunda en tailleur sur une couverture repliée, elle fit une sorte de discours.

— Je chante, tu voles. Tu voles, je chante, la belle chose. Et nous voilà devant ce beau feu dans la maison du diable ou du bon dieu, à boire son vin. La belle chose. Tu entends le silence et le froid dehors ? Cette nuit on est comme au fin fond d'un pays perdu. Dis-moi, qu'est-ce que tu crois vraiment ? Que je chanterai dans la rue jusqu'à ce que la peau me tombe de la figure ? Et toi, tu voleras comment, quand tes bras et tes jambes ne t'obéiront plus si bien ? Quand tes bras et tes jambes ne t'obéiront plus si bien, tu commenceras à avoir peur. Et avec la peur, tu te feras prendre.

Elle se tut un instant, puis :

— Qu'est-ce que tu penses véritablement de ce tour de magie qui t'a descendu d'un nuage tout un jardin et une maison rien que pour toi ? Rien que pour toi et moi puisque voilà que tu partages.

De nouveau une pause à contempler le feu, et :

— Toi et moi, mon petit, nous avons une veine de pendu. Je ne vais pas trop me demander pourquoi.

Là-dessus elle emplit deux verres, leva et lampa le sien : à notre veine de pendu ! et éclata d'un rire qui ne cachait pas la tristesse au fond de ses yeux. Les yeux jaunes de Vrochunda viraient parfois, comme maintenant, au bleu orage. Mais Karel effaça immédiatement cette tristesse à cause du mon petit, qui lui avait causé un plaisir extraordinaire. Vrochunda avait trente-trois ans et lui vingt-sept. Ils ne s'étaient jamais touchés, jamais seulement effleurés de la main au hasard d'un geste. Un peu plus tard, comme les autres nuits, elle se leva et monta à sa chambre, emportant une bougie allumée dont la flamme ne tremblait pas du tout.

*

Il se trouva que peu de temps après, il eut à la toucher.

Le 15 décembre, Vrochunda sortit dans l'après-midi. Karel lui demanda s'il pouvait la conduire quelque part. Non, répondit-elle, non parce que je ne sais pas ce que je vais faire. Elle n'était pas de retour à une heure du matin. Le dernier autobus pour L. quittait la ville à minuit. Karel, à qui il était arrivé de découcher durant cette cohabitation, voulut ne pas accorder d'attention à l'absence de Vrochunda. Il dormit un peu. Le lendemain il fit un grand tour dans la campagne et rentra vanné. La petite porte du bas n'était pas fermée à clé, il la laissa ainsi. Il fit du feu, réchauffa du riz, but du vin. Elle est libre, se répétait-il, elle fait ce qu'elle veut. Mais l'éclat sombre au fond des yeux de Vrochunda quand elle avait bu à la veine des pendus lui revenait, l'éclat sombre et le mon petit. Il passa cette deuxième nuit à tendre l'oreille vers un bruit de pas peut-être. Dès le matin, l'obstiné « elle est libre, elle fait ce qu'elle veut » le harcelait. Il ne voulut pas quitter la maison. Il se mit à la ranger et nettoyer comme il pouvait. Soulevant des nuages de poussière, poussant, tirant les vieux meubles, il ne cessait pas de voir le reflet des flammes sur le visage de Vrochunda le dernier soir. Je chante, tu voles, la belle chose. Il se rendit compte qu'il ne s'était jamais soucié de personne au monde jusqu'à elle. Cette découverte l'exalta. Il descendit du grenier une grande couverture écossaise pas trop mitée. Il la secoua dehors abondamment et l'étendit sur le canapé. Il rapprocha celui-ci de la cheminée. Il fit un nouveau feu. Il monta de la cave deux bouteilles de ce vin presque noir. Il se lava. Peut-être à cause de ce bel ordre, peut-être à cause du chiffre 3, Vrochunda loin depuis trois jours, surtout à cause de sa découverte comme quoi il ne se sentait plus seul au monde, il crut qu'elle allait rentrer cette nuit et l'attendit carrément, sans faire autre chose que l'attendre, minute après minute, dans un état de tension extrême, avec confiance aussi. Pourtant, passé deux heures du matin, cette tension le quitta. Il réentendit le « je ne sais pas ce que je vais faire », revit les yeux amers. Il la revit monter l'escalier, très droite et tenant une bougie dont la flamme ne vacillait pas. Il réentendit le médusant mon petit et se sentit nul et abandonné. Sauf pour obtenir de lui de l'argent ou du plaisir, personne non plus ne s'était jamais soucié de lui. Il laissa le feu s'éteindre. Il dormit un moment vers le matin, le froid le réveilla. Il était réellement en mal d'elle, comme on souffre d'une rage de dents. Dans l'après-midi de ce 18 décembre, il prit sa voiture et partit en ville où il passa d'un café à l'autre. Il but beaucoup, sans s'enivrer. Passé minuit, entrant dans bar encore, l'apostrophe d'une fille, « tiens, le beau Karel ! », lui fit aussitôt repasser la porte. Il s'arrêta aux feux rouges, respecta les limitations de vitesse. Il gelait. Elle n'était toujours pas rentrée et Karel se retrouva allant et venant comme un animal en cage, marmonnant des prières, lâchant des imprécations, tapant des poings contre le mur. A 7 heures du matin, il n'avait plus de cigarettes et courut jusqu'à sa voiture. Il ne faisait pas jour. Au retour par le bois, il glissa et tomba. Il faisait extrêmement froid. Il se recroquevilla dans un coin du canapé, la main serrée sur le paquet qui contenait deux cigarettes cassées, fixant la cendre morte. L'aube tardive commença de grisailler dans la chambre. C'était le matin du quatrième jour.

Elle apparut à la porte-fenêtre dont il n'avait pas fermé les volets et resta derrière la vitre sans entrer. Il ne bondit pas sur ses pieds et, dans son engourdissement, il s'en étonna. Elle avança la tête et un peu de buée blanche couvrit la vitre. Elle n'entrait toujours pas, il alla lui ouvrir, mais même ainsi elle demeurait sur le seuil, si bien qu'il lui prit le bras et la tira à l'intérieur. Elle était très pâle, l'étoffe de son manteau rigide et froide comme l'écorce d'un arbre. Son regard passa sur le visage de Karel comme sur un objet. Elle fit quelques pas, desserra les lèvres mais ne dit rien. Elle se mit à claquer des dents. Elle restait raidement debout, son manteau maculé de traînées grisâtres. Karel la tenait toujours par le bras, il la fit approcher de l'âtre comme si du feu y brûlait. Elle était si pâle, et le tremblement de sa mâchoire, dont on entendait le fin claquement, si misérable, que Karel réussit à dire d'un ton ordinaire :

— Est-ce que tu voudrais du thé ?

Il douta recevoir une réponse, mais elle dit d'une voix sans timbre :

— Je voudrais dormir.

Elle ne bougeait pas, légèrement détournée de Karel, toujours étrangement rigide. Elle dit, sa voix reprenant un peu d'épaisseur :

— A la fin, je ne savais plus où était la maison.

Elle déglutit, ses dents cessèrent de s'entrechoquer.

— Cet endroit n'a pas de nom, dit-elle encore. C'est comme s'il n'existait pas.

A la fin... Le cœur de Karel se gonfla. A la fin, elle avait voulu rentrer, pensa-t-il. La raideur de Vrochunda était d'un automate, elle allait s'effondrer d'une seconde à l'autre. Quand il l'entoura du bras pour la soutenir, elle se laissa aller contre lui et mener jusqu'à sa chambre, montant l'escalier en joignant les pieds sur chaque marche comme les petits enfants.

Karel lui ôta son manteau. Elle s'assit sur le lit. Il lui ôta ses bottes. Elle était pieds nus dans ses bottes et ses pieds étaient glacés. Il la coucha, la couvrit. Il s'assit au bord du lit et se mit à lui frictionner les pieds. Elle avait des pieds de marcheuse, maigres et vigoureux, et un creux de chaque côté du tendon de la cheville. Elle s'était laissé coucher comme un mannequin. Karel lui frottait les pieds. Elle ne fermait pas les yeux, comme si elle ne pouvait pas, ses yeux aussi pris par le gel et fixant le plafond. Il redemanda si elle voulait du thé. Elle ne répondit pas mais le regarda et cette fois ses yeux ne passaient pas au travers de lui comme tout à l'heure. Il dit à voix basse :

— Tu as quand même fini par trouver le chemin...

Elle ferma les yeux. Il leva son pull et sa chemise et appuya contre son ventre les pieds de Vrochunda. Quand ils furent réchauffés, il rabattit les couvertures et la borda étroitement. Là-bas la crête givrée du bois s'illumina de rose. Karel sentit en lui une joie comme jamais. Il regarda Vrochunda dormir. Elle était toujours aussi pâle, et sa respiration si invisible et inaudible qu'il eut peur tout à coup et mit son oreille contre la bouche de la dormeuse. Il resta ainsi plusieurs secondes, l'oreille sur les lèvres entrouvertes de Vrochunda, se pénétrant de ce souffle ralenti. Sentir ce souffle était prodigieux.

Il descendit faire du feu. Un feu d'enfer, se dit-il, un feu qu'il ne laisserait plus s'éteindre jusqu'aux premiers beaux jours.

18

Le 22 décembre, Méli raconta le dernier épisode de l'histoire. Madame Roulin ne cacha pas sa déception et demanda s'il n'y avait pas moyen de trouver une autre fin. Méli secoua la tête – non, pas d'autre fin, et annonça qu'elle sortait ce soir. Plus tard elle réapparut de sa chambre en robe sombre, légèrement maquillée et parfumée, si inattendue que Madame Roulin, les yeux ronds, poussa un oh ! ébahi.

Méli nouvelle, Méli parée, sur un ton assez distant qui déplut fort à la garde, dit qu'elle ne savait pas quand elle rentrerait, tard probablement. Tout bas, à la seule attention de sa grand-mère : mais je rentrerai. Elle embrassa son aïeule, s'écarta de quelques pas et, sans sourire, pivota lentement sur elle-même.

— Est-ce bien ainsi ? Est-ce juste ? Suis-je belle ? J'ai peur.

— Tu es mon enfant chérie. Ne crains rien. Va.

Ce dialogue seulement dans la pensée. Mais il fut, l'imperceptible hochement approbateur de la vieille tête.

Qui l'aurait cru, pensait Madame Roulin, une femme fatale tout à coup. Elle a enfin rencontré quelqu'un. Ce n'est pas trop tôt. Sa robe a dû coûter une fortune. Et ce manteau – Madame Roulin souleva le rideau, imaginant une limousine glissant le long du trottoir et raptant la petite cachottière.

A l'angle de Mondétour, Méli prit un taxi. Il sortit de la ville, se dirigea vers L. Il s'arrêta au carrefour avant le hameau. Méli paya. Les phares balayèrent la cliente qui s'éloignait en rase campagne. Pas une maison en vue et quel froid de canard mais la fille avait l'air de savoir ce qu'elle se voulait. Ce qu'elle sentait bon ! Le chauffeur alluma une cigarette, tira tout ce qu'il pouvait en une bouffée et la jeta par la fenêtre. Il avait arrêté de fumer mais de temps en temps il lui fallait ça.

Nuit sans lune, scintillantes étoiles d'hiver. L'étoffe de son nouveau manteau jouait autour de ses jambes et ses bottines sonnaient clair sur la route. Mais Méli pensa : je suis habillée comme pour un enterrement. A mi-chemin de l'allée durcie par le gel, elle s'arrêta. Ne pourrais-je pas ne pas y aller ? Faire demi-tour maintenant ? Elle se remit en marche aussitôt. Ça voudrait dire que j'oublie cette histoire pour toujours, que rien de tout ça ne m'est arrivé. Faire la croix sur la plus belle chose de ma vie ! Elle contourna le parc par la gauche, serrant contre elle son manteau pour éviter les ronces de la haie. Si cette porte du peigne est fermée à clé, je passe quand même. J'escalade, froufrous ou pas. Qu'est-ce que ça fait si je déchire tout, je ne remettrai jamais ces habits-là.

Mais la porte de fer n'est pas verrouillée. Elle est restée ainsi depuis la fugue de Vrochunda, la clé fabriquée par Karel je ne sais où, dans une poche, ou perdue, ou peut-être à sa place, glissée sous le battant côté gonds. Sous le sombre arceau de lierre, la porte s'ouvre et se referme, lente et silencieuse sur des gonds huilés, donnant exactement la sensation prévue, le jour de la petite fumée.

L'étang a gelé. Sous la glace qui cette nuit va s'épaissir, cinq vieilles carpes dorment.

Du feu, ce soir, il y en a, et quel feu. Là-haut la cheminée a craché une poussière brasillante dans le ciel noir. Une fente de lumière verticale divise la masse sombre et basse de la maison. Les volets de la porte-fenêtre ne sont pas complètement joints. Méli a commencé son approche. De nouveau elle se dit qu'il est encore temps de renoncer et quelques secondes n'avance plus. A travers le grand pré qui monte, même de nuit on devine une trace d'herbe usée qui relie la petite porte de fer au rai lumineux là-bas. Je mets mes pas dans ses pas, se dit Méli avec un frisson de bonheur.

Elle s'arrête de nouveau. Elle élimine la jolie formule. Je traque, je fouille, je fouine, voilà ce que je fais. Elle m'a quittée, alors je veux savoir, je veux voir. Redevenir celle d'avant les pont aux Heures ? Jamais !

Le rayon de lumière est un poteau planté dans la nuit. Voici Méli en haut du pré. Elle s'arrête au bord de la terrasse. Le gel a soudé ensemble les graviers mais même s'ils crissaient sous un pas, on n'entendrait rien à l'intérieur. Le feu crépite trop fort. Méli est immobile. Par une nuit de pleine lune, elle serait cette statue noire devant la façade blanc argent.

Tout à l'heure l'ombre de Méli à travers le pré m'a rappelé la petite sirène. Elle s'était passée toutefois des faveurs de la sorcière et n'avançait pas sur deux douloureuses jambes de femme, mais glissait debout sur sa queue de poisson toujours une et entière.

Avance ! Qu'est-ce qui te retient ? Tu touches au but, avance donc !

Tu te rappelles ? On entrait dans l'été comme aujourd'hui dans l'hiver. Tu te cramponnais au garde-fou du pont. Pars ! Va-t'en ! te soufflait une voix et tu n'en serrais la barrière que plus fort. Sous toi le fleuve sombre piqueté de soleil fuyait. Tu n'as lâché prise que pour retirer ta bague. Tu tournais le dos à l'inconnue et son chant en était plus envoûtant encore. Tu l'as perdue, tu l'as retrouvée, cette voix de tous tes vœux. Méli, Méli ! A moins que tu ne t'enfuies immédiatement, tu vas la réentendre, ton enchanteresse !

Méli traverse la terrasse, elle est devant la porte aux volets mal joints, elle colle son œil contre la fente.

Tu as traversé le pont, tu as donné la bague à la femme qui l'a empochée sans la regarder. Vrochunda la porte en ce moment, cette bague. A l'exception de ce bijou, elle est nue.

Je tremble de froid dans le pré gelé. J'ai envie de ma chambre, j'ai envie de retourner dans sa lumière douce et chaude, pourtant je reste encore à regarder Méli qui regarde. Qui sait si elle n'est pas plus poignante que les deux devant le feu ardent, qui se tordent et gémissent !

Méli ! Méli qui te brûle les yeux ! Moi je m'en vais. Méli, juin reviendra en ce jardin et cette nuit de feu et de glace s'éloignera. Oh comme je me réjouis de ce pré grand ouvert dans l'été commençant ! Oh, son herbe ondoyante, et lever les yeux vers le vol d'un oiseau !

Avant que je ne repasse la porte de fer la voix de Vrochunda m'arrête. Ce son fige le sang. Un fouet lacérant la nuit, un lasso resserré autour de mon cou. Je ne peux plus faire un pas. C'est un long cri douloureux et cruel qui crève l'air glacé. La voix jouissante s'étrangle, se brise, recommence, blessée, effrayante, elle n'en finit pas de se déchirer, de se délivrer, elle n'en finit pas de taillader la nuit et quand le silence revient, la voix demeure suspendue, incandescente dans l'obscurité immobile et gelée.

Méli ne s'en va pas. Elle ramasse la grosse pierre qui sert à caler le volet et elle frappe contre le battant de bois. Voilà la réponse de Méli au chant inouï de sa retrouvée. Elle frappe et cogne, et encore, elle tape si fort que du vallon revient l'écho de ses coups.

Le volet s'ouvre. Quelques secondes la lame de lumière s'écarte et Méli est debout dedans. Elle lâche sa pierre qui tombe avec un choc sourd, elle entre, sur elle le battant se referme.

19

Je ne passe pas par le bois, je prends l'allée et la route du carrefour. J'espère que la Moisson est encore ouverte. Je boirai un grog, appellerai un taxi et – ah, ma chambre...

Nuit transparente, mes pas nets sur la route. Troisième jour de l'hiver, la lumière déjà regagne du terrain. Loin des imbroglios et charades, la nuit est merveilleuse. Voici là-bas les quelques fanaux de L. endormi. De L. très endormi : La Moisson est fermée. Il faudra se passer de grog et de taxi, L. n'a pas de cabine téléphonique. Je me remets en route. Peut-être qu'une voiture me prendra.

C'est Karel, vêtu d'un pantalon, pieds et torse nus, qui a ouvert à Méli. Vrochunda est assise sur le canapé, la couverture enroulée autour du corps laissant nues ses épaules. Karel regarde l'intruse, puis son amante, son amante de trois jours et de trois nuits. L'arrivante lui a à peine jeté un coup d'œil, elle s'accroche à Vrochunda du regard, interrogativement, désespérément...

Sur ma route de nuit sonnante et déserte voilà que me reviennent des bouts de chansons du pont aux Heures, fragments que j'emmêle, qui insistent, me bourdonnent dans la tête et que bientôt je fredonne, mmm la la la, chansons de solitude et de désir dont je n'ai pas retenu les paroles mais la musique, si, un peu, assez, et je marche et je vais, mmm la la la laï – comme ces mélodies ont fait battre le cœur de Méli, jour après jour l'attirant, les mélodies et la voix et le corps qui les portaient... Je marche, je vais, et plus je m'éloigne de la maison et plus je suis ramenée à elle.

C'est une longue pièce basse dont seulement une extrémité est occupée par la courte chaleur du foyer et les trois personnages. A l'autre bout il fait sombre et froid. Sur une planche en travers de deux morceaux de bois, les reliefs d'un repas et une bouteille noire. Karel met son pull. Il a envie d'une cigarette et d'un verre de vin mais il décide de s'abstenir. Il s'occupe du feu. Ça lui permet de se détourner de Vrochunda et de cette fille en noir aux yeux pleins d'éclairs. Il voudrait que d'un coup de baguette Vrochunda se retrouve tout habillée. Le regard fiévreux sur les épaules nues le gêne. Un si mince bout de femme, taper si fort, un peu plus elle cassait le volet. Le feu est relancé, Karel s'adosse debout à côté de la cheminée. Le mur est tiède mais s'il tend la main gauche, il touche l'air froid. Qu'il regarde seulement Vrochunda enrobée de la couverture, Indienne blanche et rousse assise au milieu du canapé, mains tranquilles devant elle, et le désir reflambe en lui. Que cette tremblante gamine habillée en dame s'explique au lieu de rester plantée là, l'air d'un animal traqué, avec ses yeux de panique et son petit visage en fer de lance... Si on la touchait du bout du doigt, elle volerait en éclats. Karel enfonce ses mains dans ses poches pour les priver plus facilement du verre de vin et de la cigarette. Il attend, debout contre le mur, le plus près du feu, le moins éclairé.

Méli ouvre la bouche, la referme, la rouvre mais pas un son ne sort. Elle reste les yeux rivés à Vrochunda, elle ne bouge plus, la caille devant le chien d'arrêt. Elle n'a pas le droit d'être ici, c'est pourtant l'endroit au monde qu'elle a voulu rejoindre et la voici devant Vrochunda, figée dans une sorte de bienheureuse terreur. Elle ne parviendra pas à parler mais un autre jour ne naîtra pas sans événement. C'est pour cela qu'il fallait qu'elle frappe avec sa pierre.

Vrochunda, assise en face du feu. A sa droite, Karel debout contre le mur. A sa gauche, côté jardin, Méli muette et bandée comme un arc. Quelques longues secondes encore de la fixité de ce triangle, puis Vrochunda sourit à Méli. Un grand sourire calme et gai qui plisse les yeux jaunes. Ce sourire à Méli a existé déjà, à l'insu de sa destinataire, le deuxième samedi, en juin, quand Vrochunda est arrivée sur le pont aux Heures et qu'elle a aperçu à l'autre bout la fille à la bague qui s'enfuyait : retourne-toi, petite, et reviens m'écouter. Viens, je vais chanter pour toi.

Méli reçoit ce sourire comme on reprend connaissance. Elle respire un grand coup puis se jette vers Vrochunda et s'effondre contre elle. Méli, à genoux, poussant de la tête et des épaules contre le ventre de Vrochunda comme pour s'y enfouir, paupières serrées, bras serrés autour de son amour. Karel pense : elle a bien fait de rester assise sans bouger dans sa couverture, j'ai bien fait de ne pas allumer cette cigarette, on a bien fait de ne pas parler. On ne voit plus le visage penché de Vrochunda. Sa chevelure retombe sur l'agenouillée, ses bras nus l'entourent.

Karel, lui, passe par le bois. Sa voiture est en haut, dans un renfoncement de la lisière. Il a pris sa veste et est sorti si doucement que les deux femmes ne l'ont pas entendu. Même autrement elles n'auraient sans doute pas bougé. Il est content, lui, de bouger, de monter à travers le bois où ses pas n'hésitent ni ne trébuchent. Il est content, il est heureux, ces trois jours et nuits étaient un bonheur fou. Pas sûr que la voiture parte, la batterie est au bout. Il irait volontiers boire un verre dans ce café routier, de l'autre côté de la ville. Cette fille en noir, égarée, comme en transe... Mais Karel a le sentiment qu'aucun mal n'arrivera par elle. Sans doute, il est ennuyé que la maison n'ait pas plus longtemps gardé son secret. Rester seul, agir seul, toujours, partout, ainsi réduire les mauvaises surprises. Mais alors pas de Vrochunda non plus. Vrochunda, Vrochunda, il répète ce nom en sortant du bois, Vrochunda vers les étoiles, il exulte, il bondit de joie, il court le long du champ jusqu'à sa voiture. Le moteur renâcle quelques fois puis tourne. Karel allume cette cigarette longtemps retenue. Il se réjouit de rouler jusqu'au café routier, toujours ouvert la nuit.

*

Il y a ce long bout droit puis la route tourne et rejoint une grande artère, ensuite la banlieue commence. J'ai arrêté de chantonner. Je suis fatiguée. Il me semble marcher depuis des heures sans avance. La tension du début ne me porte plus. La maison s'est reculée au fond de la nuit et du froid dans un pays que je n'imagine plus. Ma mauvaise cheville me fait mal. Voilà, loin derrière moi, entrant dans le bout droit, la première voiture depuis que j'ai quitté L. Pourvu qu'elle s'arrête. Ses phares blanchissent devant moi l'étroite route rectiligne et verglacée. Le conducteur baisse ses feux, il m'a vue. Cette voiture met curieusement longtemps pour me rattraper, comme si elle roulait très lentement, comme si le bout droit était beaucoup plus long qu'en réalité. Je dois être très fatiguée, je n'ai plus ma notion ordinaire de l'espace et du temps. Le bruit du moteur n'en finit pas de se rapprocher et les phares continuent d'ouvrir devant moi un fantomatique tunnel. Il faut que je m'arrête, me retourne, tende le bras. Au lieu de cela je saute par-dessus le talus et je m'aplatis dans le champ. Quand je reviens sur la route, là-bas deux points rouges disparaissent dans le virage avant la jonction.

*

Karel a eu un curieux blanc. Au moment d'entamer le long bout droit – ronron régulier du moteur, chauffage agréable, radio en sourdine – soudain la pensée, l'idée, l'image de Vrochunda, son visage et sa voix dans l'amour l'ont saisi si fort qu'il n'a plus compris pourquoi il s'éloignait d'elle. Il a voulu immédiatement retourner auprès de sa maîtresse. C'est alors qu'il a aperçu dans le faisceau de ses phares quelqu'un qui marchait en direction de la ville. Il a réduit ses feux et commencé de ralentir, ce ralentissement l'effet d'un partage en lui. Ou il faisait tout de suite demi-tour vers Vrochunda, ou il proposait un passage au quidam nocturne, puis poursuivait jusqu'au café routier, y restait le temps que la fille en noir reprenne ses esprits. C'est ici que se place ce blanc. A l'instant où il aurait dû rattraper la silhouette, plus personne. Et personne dans le rétroviseur. Karel remet les phares et fronce les sourcils. Il n'aime pas l'idée qu'il hallucine. Il décide de faire demi-tour juste après le virage, où la route s'élargit, pour voir à quoi ressemble son apparition.

*

C'est une longue courbe en descente. Quelque chose n'allait pas. Une voiture ne s'arrête pas volontairement comme ça dans la tangente du virage, l'avant contre ce mur. Le phare gauche était toujours allumé et le pan de mur illuminé faisait dans la nuit une cible blanche.

Mon cœur s'est mis à battre violemment. Je ne me suis pas mise à courir. Au contraire j'ai retenu mon pas. On ne peut donc pas passer sa vie tranquillement à l'abri du mal d'autrui ? Ma vision la plus concrète de mon inanité en matière d'aide à mon prochain est celle de l'électrocuté intouchable – comment, oh comment fait-on pour arracher le corps à la haute tension ?

Malgré la pente, malgré la glissade sur le verglas, l'avant n'était pas complètement écrabouillé. J'ai approché mon visage de la vitre. Karel, la tête contre le volant et tournée de côté, regardait par-dessus son épaule gauche. J'ai ouvert la portière. Le bras gauche de Karel pendait, la paume de la main en arrière et tournée vers le haut ressemblant à une main de singe. La radio marchait doucement, une guitare, une voix de femme. Karel, les sourcils légèrement froncés, avait une expression un peu perplexe et intriguée, presque enjouée, si bien que je me suis dit stupidement qu'il dormait les yeux ouverts et que quelqu'un en rêve lui posait une devinette. Je lui ai touché la tête, je lui ai caressé la tête, comme on fait pour réveiller quelqu'un qu'on aime. J'ai glissé les doigts sous le col de la veste où la nuque était douce et chaude. Voix et guitare se sont tues. Un annonceur enrhumé et guilleret a dit que les machines à sabler allaient s'occuper des voies secondaires. Aurons-nous un Noël blanc ? a-t-il demandé.

J'ai laissé la portière ouverte, j'ai couru jusqu'à l'habitation la plus proche, j'ai tapé, sonné, appelé. Une ambulance de la police est arrivée peu après. Une demi-heure plus tard, dans un poste de gendarmerie, je répondais à des questions et signais une déposition. Non, je ne connaissais pas cet homme. Pendant que j'étais au poste, un coup de téléphone confirmait – on m'en fit part banalement – la mort sur le coup du conducteur Untel. Si on a besoin de vous, on vous contactera. Il n'était pas une heure du matin quand je suis sortie du poste. On ne m'a pas contactée. Pas davantage ne m'avait-on demandé ce que je faisais à pied sur la route de L. Il m'arrive encore de trouver ce désintérêt de la part de la loi improbable et étrange. Mais quoi ? Revenir sur ma déposition, dire que Karel ne m'était pas totalement étranger n'allait pas lui redonner la grâce de ses vols adroits, ni le pré voguant sous la brise, ou l'ascension de l'alouette, la petite lune au-dessus des arbres noirs, le parfum du sureau ou du tilleul – ou Vrochunda.

20

Méli, mussée comme un animal dans le giron de Vrochunda, ce contact charnel pour la première et dernière fois, Méli le sait, et les coups de pierre dans le volet, c'était le glas de son amour qu'elle sonnait. Une fois, dans le petit parc, elle s'était dit que l'occasion se redonnerait, celle que venait de laisser filer son désir. Maintenant, serrée contre Vrochunda, Méli le sait : la chance ne repasse pas une seconde fois.

Dans l'aube de décembre, Méli trouve ses coûteux vêtements noirs tristes et laids. Elle voudrait jeter immédiatement cet accoutrement. Vrochunda l'a bercée encore puis elle est allée dans la chambre du haut. Méli reste devant le feu qui s'éteint puis elle s'en va. En cette marche de la maison du vallon jusqu'à L., elle souffre tant qu'à chaque pas elle voudrait perdre conscience, s'écraser à terre, n'être plus qu'un petit amas sombre et gelé bientôt effacé à jamais. La Moisson ouvre. Méli appelle un taxi.

Dans le virage, une dépanneuse est en train de charger une voiture. Le chauffeur de taxi regarde dans le rétroviseur la jeune femme en noir. Il hésite puis il dit qu'un homme s'est tué là cette nuit, il a appris ça tout à l'heure au café, avant de prendre son service. Un homme jeune, peu après minuit. Le verglas, rien de pire. Méli dit au chauffeur de faire demi-tour – vite, vite, puis d'attendre dans l'allée près du grand portail. Elle court à la petite porte du bas, elle court à travers le jardin, hors d'haleine elle secoue Vrochunda. Elle ne sait pas le prénom de Karel, elle répète : il y a eu un accident, il y a eu un accident. Elle décrit la voiture que remorquait la dépanneuse. Les deux femmes quittent la maison.

*

Le même jour Vrochunda est allée reconnaître le corps. A dater de ce 23 décembre, elle va vivre avec Méli et Diane Wilmer.

*

Mi-janvier, Madame Roulin donne son congé.

*

Vrochunda croit qu'elle est enceinte.

*

C'est un hiver de neige, il neige jusqu'en plaine.

*

Février : Vrochunda sait avec certitude être enceinte.

*

Méli rassure Vrochunda : il y a assez d'argent.

*

Les trois femmes, les soirs, devant la cheminée, la vieille Diane dans son fauteuil, Méli d'un côté, Vrochunda de l'autre, les deux parlant lentement pour que Diane qui lit sur leurs lèvres les comprenne.

*

Vrochunda ne chante plus.

*

Le 21 mars, Diane fit signe au nautonier : ça suffisait comme ça, on pouvait aborder maintenant. Un soir précocement doux, le ciel rose, un merle sifflant en haut du charme, la porte du balcon entrouverte, un gros bouquet blanc et jaune ramené du marché le matin par Vrochunda. C'est elle qui pose sa main sur l'épaule de Méli : ta grand-mère, regarde, elle nous sourit, elle n'a pas peur, voilà, elle s'en va, elle s'en est allée...

*

Ailleurs dans l'invisible, Diane et Karel jouent. Ils jouent au trictrac, à la belote, au piquet, au backgammon, aux dominos, à l'écarté, aux dés, au go, au scrabble, aux échecs, au poker – que sais-je. Diane bien sûr a tout de suite annoncé la nouvelle à Karel. Ils échangent des prénoms. Ils jouent, ils conversent, lui la vouvoie, elle le tutoie. Diane ne se lasse pas d'entendre les récits de fric-frac de Karel qui peu à peu perd de sa retenue, se prend au jeu de raconter et même en rajoute, pendant que Diane profite de ces fioritures pour tricher, Diane qui n'est pas en reste d'aventures. Karel le solitaire s'amuse. Ils jouent aussi à remanier cette histoire. Je me demande, dit par exemple Diane, quelle tournure auraient pris les choses si c'était toi que Méli avait rencontré sur le pont aux Heures. Mais je ne chante pas, répond Karel. Diane, du tac au tac : ce n'est pas par son chant que Vrochunda t'a séduit. Karel réfléchit, il se revoit ouvrant la porte à Méli. Elle était belle, la fille en noir, avec sa grosse pierre encore dans la main, son pâle visage aigu, ses yeux farouches. Il était torse nu. Elle l'avait à peine regardé. Il se rappelle l'air glacé sur sa poitrine. Ou imaginons, poursuit Diane, que ma pauvre biche ne vous ait jamais trouvés, toi et ta rousse. Dis-moi, si tu n'avais pas aperçu, ou cru apercevoir quelqu'un sur la route, aurais-tu fait demi-tour quand même ?

Ce jeu-là est sans fin et c'est peut-être celui qu'ils préfèrent.

*

Diane morte, Méli choisit de ne pas attendre la naissance de l'enfant. A la mi-juin, elle part pour un long voyage. Vrochunda reste dans l'appartement. Méli écrira, reviendra. Peu de temps avant ce départ, les deux femmes sont dans le petit parc. C'est la fin de l'après-midi. Méli voit l'ombre portée de Vrochunda enceinte de six mois et elle se rappelle ce rêve où elle servait d'ombre à Vrochunda qui n'en avait pas. Maintenant une ombre solide l'ancre à la terre.

*

Au cours de ce printemps-là, j'allai voir le maire de la commune dont L. fait partie et lui demandai de me parler de la maison du coteau en face du bois. Le maire est un rubicond quinquagénaire volontiers bavard devant bonne chère et bonne bouteille. Le domaine de Primavera est un drôle de cas. Il y a six ou sept ans, la propriété a été vendue pour une somme extravagante à une société qui projetait de construire sur tout le coteau. Mais quelques mois plus tard, il apparaît que le directeur de cette société est le numéro un d'une sordide affaire de mœurs. Du reste il fait faillite. La personne qu'il faudrait voir, c'est Monsieur S., qui possède des vignes dans le coin et qui avait tenté de s'opposer à la vente. Mais vous-même – le maire s'essuie la moustache – ce vin est un joyau – mais vous-même, qu'est-ce qui vous intéresse avec Primavera ? Autant vous prévenir, S. est un vieux loup inabordable.

*

Maigre, haut, Monsieur S. est un intimidant vieillard de passé quatre-vingts ans. Je ne sais comment je lui dis mon désir de louer Primavera. Ou juste une chambre, et pouvoir aller dans le jardin. Dans le vaste salon aux murs couverts de tableaux, ma proposition est naïve et dérisoire. Monsieur S. me toise. Œil acerbe, main posée sur la volute d'argent d'une canne, il est déjà son propre portrait. Sa voix profonde semble provenir de derrière lui. Après la faillite du promoteur, S. a racheté le domaine. La maison est inoccupée, cela tient à d'incurables litiges entre les futurs héritiers de S. Aucun ne veut cette maison, mais aucun ne veut que son frère ou sa sœur la détienne. Tout cela est –

Il fait un geste de la main.

— Moi-même, je ne veux pas revivre seul à Prima Vera. En deux mots, avec une majuscule à Vera.

Les yeux altiers ne s'embrument-ils pas ? Silence. Les tableaux bruissants, les belles lampes, les tapis. Je fais un hochement poli.

— Je suis né dans cette maison.

— Oh ! Oh ! Est-ce qu'il y avait déjà les carpes ?

Monsieur S. ne me répond pas. Il écourte la visite, l'air moins sévère toutefois que lorsqu'il a mentionné les querelles au sein de sa descendance. Je rentre à pied chez moi, passant de la ville haute à la ville basse. Primavera, pardon, Prima Vera demeurerait pour moi un lieu de rêve. Et mes privilèges à son endroit, entiers...

*

Peu de temps avant son départ, un soir Méli entend Vrochunda chanter tout bas quelques notes.

*

A mon étonnement, une dizaine de jours après notre entrevue, S. me rappela et me demanda de revenir chez lui : je déteste le téléphone, je vous dirai les choses en face.

Je fus à nouveau introduite dans le grand salon aux tableaux, d'abord seule, surveillée par les portraits, réfléchissant que l'autre fois, S. ne s'était pas enquis de mes motifs de convoiter Prima Vera. Et cela n'avait pas été nécessaire de l'informer que je n'avais pas d'argent. Au téléphone, il m'avait semblé que S. avait eu le ton de qui joue les conspirateurs. Tout ceci était assez absurde et agréable. Monsieur S. entra, nous fit servir de la fine et sans préambule me déclara que ce qu'il voulait, c'était fixer, sur le champ, une durée pendant laquelle rien, absolument rien ne changerait dans le domaine.

— C'est ma condition, dites un chiffre.

Un soir au début de mai. Il faisait encore amplement jour. Rapidissimes longues cursives des hirondelles au ciel de la rue tranquille. Condition à quoi ?

— Cent ans, dis-je.

Rétrospectivement je crois que si, au lieu de répondre immédiatement à la question, telle quelle obscure, j'avais voulu savoir ce qu'elle signifiait, j'aurais gâché ces atouts que je possédais sans le savoir. Mais je dis « cent ans » d'un ton décidé et ferme. Cent, le premier grand chiffre d'un enfant, les années d'une très longue vie humaine. Ma réponse plut à S. et je signai aveuglément un premier papier. Nous bûmes à ces futurs cent ans. Je reposai mon verre et dis à Monsieur S. que ce qui se passait m'échappait. Avec bonne humeur il m'annonça que j'allais lui racheter Prima Vera. Avec son argent bien entendu. Bien entendu, répétai-je. Rendez-vous était déjà pris chez le notaire. J'opinai, conciliante. Deux autres verres de fine, l'air amusé de S., et je commençai à me trouver faite pour mon rôle en cette abracadabrante affaire. Tout de même, je tins à exprimer mes scrupules à profiter, en somme, de zizanies familiales.

— Vous avez tort, répliqua S. En matière d'argent, le troisième larron est le seul à peu près excusable.

— Et si quelqu'un de votre clan lance contre moi une opération punitive ?

S. m'observait, malicieux.

— Vous voulez Prima Vera ? Quel paradis est sans défaut ?

*

Les premiers temps, j'ai attendu la Vengeance des Héritiers sans que la formule me fasse aucunement sourire. Tantôt sournoise, tantôt brutale, la Vengeance était toujours sanguinaire et durant des semaines je fus jour et nuit sur le qui vive, ne dormant que d'un œil, installant de simplistes pièges avertisseurs dans le jardin, me postant pendant des heures dans des cachettes à quelque distance, par exemple en haut du bois, d'où j'épiais les alentours de la maison, ou faisant mine, tous volets fermés et lumières éteintes, qu'elle était à nouveau abandonnée alors que j'étais embusquée derrière une lucarne du grenier. Toutefois, rien ne survenant, la menace peu à peu s'effaça d'elle-même.

*

La donation de S. fut absolument gratuite. Il veilla à ce qu'elle n'entraîne pour moi aucun frais subséquent.

*

Encore saine de corps et d'esprit (et ne pas trop attendre...), je désignerai quelqu'un qui prendra la relève des cent ans.

*

Incidemment : chez le notaire de Monsieur S., j'ai eu entre les mains des coupures de journaux concernant le scandaleux trafic organisé par le promoteur. J'ai étudié certaines photographies. Pas de doute : mon tabasseur à cagoule et l'écœurant directeur sont un seul et même triste sire.

*

Si l'on croit que veiller à ce que RIEN NE CHANGE dans une maison et un jardin est une sinécure, on se trompe énormément. Ce maintien exige une attention et un travail de chaque jour.

*

Prima Vera est gravé sur les piliers du grand portail, Prima d'un côté, Vera de l'autre, l'inscription dissimulée sous la vigne vierge.

*

Qu'il soit permis à l'auteur de Karel d'assurer son enfant que son père était à sa façon un parfait gentilhomme.

*

Méli parcourt la terre. Elle n'oublie pas la pression désolée et forcenée de sa tête contre le ventre de Vrochunda, ni sa pensée à cet instant-là : il n'y a pas, jamais, de seconde chance. Cette vérité est un aiguillon dans la chair et la plus précieuse des amulettes.

*

Vrochunda serre les lettres de Méli, elle les lit et relit, elle chante à l'enfant du froid et du feu, à l'enfant de septembre. Elle chante.

Achevé d'imprimer
en novembre mil neuf cent quatre-vingt-seize
sur les presses de l'Imprimerie Slatkine à Genève
pour le compte des Editions Zoé